锐
小说

鱼处于陆

徐畅 著

南方出版传媒
花城出版社
中国·广州

图书在版编目（CIP）数据

鱼处于陆 / 徐畅著. -- 广州：花城出版社，2022.3
（锐·小说）
ISBN 978-7-5360-8789-7

Ⅰ．①鱼… Ⅱ．①徐… Ⅲ．①中篇小说－小说集－中国－当代②短篇小说－小说集－中国－当代 Ⅳ．①I247.7

中国版本图书馆CIP数据核字(2021)第237437号

出 版 人：	张　懿
策划编辑：	文　珍
责任编辑：	周思仪　王梦迪
技术编辑：	凌春梅
封面设计：	棱角视觉 ANGULAR VISION

书　　名	鱼处于陆 YU CHUYU LU	
出版发行	花城出版社 （广州市环市东路水荫路11号）	
经　　销	全国新华书店	
印　　刷	佛山市浩文彩色印刷有限公司 （广东省佛山市南海区狮山科技工业园A区）	
开　　本	880毫米×1230毫米　32开	
印　　张	7.125　2插页	
字　　数	129,000字	
版　　次	2022年3月第1版　2022年3月第1次印刷	
定　　价	40.00元	

如发现印装质量问题，请直接与印刷厂联系调换。
购书热线：020－37604658　37602954
花城出版社网站：http://www.fcph.com.cn

目 录

鱼处于陆　　　　　　1
母　亲　　　　　　　45
良　宵　　　　　　　71
山体环绕　　　　　　89
苍白的心　　　　　　131
窒　息　　　　　　　149
狐　　　　　　　　　165
安　静　　　　　　　185
醒　来　　　　　　　199

站在浮冰之上（后记）　222

鱼处于陆

我出生的前一年，爸爸从南京的师专肄业，失魂落魄地回到了雪田。人们看到他从一辆旧三轮车下来，一身灰土，没带一件行李。他回到家里，从此闭门不出。

得到消息的爷爷脖颈涨红，他闯进院子，一把拉开里屋的木门。他看到的是一个快要死的人。爸爸躺在床上脸色惨白，浮肿的眼睛望着一堵白墙。爷爷气昏了头。他唯一能做的，就是将这个不孝子从床板上踢下来。

下床后的爸爸也没能让爷爷满意。他不是坐院子里剪旧报纸，就是在脚踏风琴前呜呜地弹奏。奶奶终于被他的哭丧音弄烦了，她找到大叔叔，商量给他相一门亲事。

一个午后，一位妇女来敲门，奶奶迎她进来，愣了一会，才看到围墙后面走出一位姑娘。她羞涩地遮着嘴笑，丰满的身体似乎要从单薄的尼龙夏装里鼓出来。吃过一顿酒饭，姑娘接人待物都很得体，另外她跟她母亲一样，会使一把好剪子。她的目光落在谁的身上，衣服的尺寸在心里就有了谱。爷爷和奶奶很满意，爸爸也没有露出反对的神情。就着两碗热茶,两家人就把婚事说下了,日子定在来年春天。

过了一阵子,爸爸恢复了精神。他去附近几个乡镇打听,终于在邻县一家中学谋到一份代课的教职。虽是临县,这所中学离家还是远的,坐大公共也得一个钟头。爸爸住在校舍里,每月送钱回来一趟。

对于课堂教学,爸爸通常应付了事。他热衷的是与人喝酒,有时喝得醉醺醺的,还去讲课。他晃晃悠悠地走到讲台上,课本丢到了地上,想到哪篇课文,就扯开多讲一点。没有想到的是,他的胡言乱语吸引了底下的学生。下课的铃都敲响了,一群学生还围着他。他点燃一根烟,回忆刚才说了些什么。底下有人举手提问,已经不是上课了,她仍是一副严肃的神情。她扎着马尾辫,眼镜滑到了鼻梁上。谁能想到,这个人就是我的母亲。

爸爸对这个叫李红的学生,没有什么深刻印象,只是她个子不高坐第一排脸熟而已。交谈过几次之后,爸爸才发觉她的不同。她喜欢在作业后面写上自己的困惑。面对那些有些幼稚又锐利的人生问题,爸爸总能开导几句,再潦草地写上较长的批语。当初他们的交往,就在一来一回间悄悄进行。作业以外,他们少有谈话。课堂上讲到鲁迅和朱自清,他会问问她的看法。

跨出那一步是在一个周末,李红推开了校宿舍的门,拎着灰蓝的包呆站在门口。爸爸有些不知所措,他一面邀请她进屋,一面为乱糟糟的房间感到不自在。李红进来后,就直愣愣地站在窗台边。爸爸说了几句闲话,李红一回头打断了他,她拿出挎包里的白衬衫,塞到他手里,埋头跑了出去。

那时爸爸只是代课的语文教师,工资比入编制的低很多。除了保暖衣物外,身上只有一件得体的衬衫。穿脏了,晚上换洗下来,晾到屋檐下吹一晚上风,早上袖口还湿着也要接着穿。她才十六岁就洞察了他的秘密。

他们在镇上集市里约会了几次。爸爸知道那件衬衫,是她偷厂里上班的哥哥的。后来趁着放假,李红提议去爸爸的家里看看。他们转了两趟车,来到雪田村边的水电站。爸爸指着那片青砖灰房说,最往东,院外有棵大榆树那家就是了。李红点点头,不再往前走了。爸爸明白她的意思。他们劈开草坐了一会,李红便乘末班车回去了。

爸爸到了家里,却是另一片光景。屋里屋外正在张罗婚事,奶奶说眼看新年将近,彩礼要送到裁缝家。厨子和吹唢呐的人,也委托大叔叔去镇上打听了。

回到学校,爸爸心神不宁。偶尔在路上远远看到李红,他双脚不自觉绕到小路上。课堂上,李红提问举手,他越过她的目光,只好望向后一排。

李红感受到了他的疏远,一次她交了空白的作业。爸爸愣了一下,同样批了一个"阅"字。连续的一周,李红没有写一次作业,其他科目也出现类似情况。爸爸终于忍不住,将她叫到宿舍,用老师的口吻训斥了她。李红背对着一声不吭。爸爸着急了,用力掰过她的肩膀。她转过身时,脸上已经布满了泪水。她仰着头,恶狠狠地盯着他。她低沉地说,你不用瞒我了,回家抱你的老婆去吧。这学本姑娘我不上了。

她跑回教室,挎上书包,离开了学校。她在家待了半个月。在混堆粮油和农具的耳房里,不跟任何人说话。跟自己较劲的时间长了,她不自禁拿把剪子铰眼前的空气。有时她去后院散步,不知走了多久,低头发现自己正站在水塘的冰面上。有一天傍晚,她听到屋外一只斑鸠鸟在叫。她追到后院,斑鸠扑棱一下飞走了。她莫名地兴奋。她猛然间想通了。她跑回屋,用床单裹了一大包衣物,接着拖出院角的旧自行车。

她骑着二八大杠出了门。现在想来,她个头不高,车身的铁杠是跨不过去的,她只得从底下伸进一只脚,然而肩膀上扎着一大包,要保持平衡,她身体和车身各倾向一边,看上去非常滑稽。

她骑了一个晚上,在气温骤降的寒风里,凭着记忆,骑到了雪田。越过水电站,她奋力骑进村子。看到一棵榆树,她气喘吁吁地扶好车去敲门。开门的是一对老人。老人皱着眉头看着她。显然她摸错了门,她问门口是什么树?老人回答,那是一棵成年的桑树。

这才是真正的麻烦事,原来她根本不认识榆树。她推着车，凡是门口有老树的人家，她都敲开门，问是不是张先生家。

到了第二天早上，雪田里的人都知道：张先生的学生，跑到了雪田，要给他当老婆。

李红住到爸爸家再也不走了。爸爸给她让出床铺，自己睡到堂屋里。爷爷和奶奶望着这个瘦弱干瘪的女孩，起初是疑惑，接着是迁就。住了一阵子得知她险恶的用意，他们彻底恼怒了。一方面是家里蒙羞，让邻居们说三道四，更为重要的是丢了钱财。彩礼已给了亲家，还怎么收回来？他们叫来大叔叔，也叫来小叔叔。他们合伙要赶走这个来历不明的人。

一群人围堵着来敲门，母亲铁了心住在东房。不开门，也不听外面的劝说。他们每天一大早来，到了天黑才肯走。对峙了三天，奶奶那一方终于败了阵。小叔叔总结说，光脚不怕穿鞋的，一个女人要是不要脸面不管死活，那谁也治不了。

妈妈安心地住下了。当爸爸在家时，她就恭敬地叫他老师、先生。爸爸出门时，她就去灶台和门口的菜地忙活。见到路上的人，她不惜撒谎说，她已怀了两个月的身孕。

她的美名传到了镇上，裁缝家迅速推掉了那门亲事。爷爷和奶奶只得让步，承认这个尚不知姓名的儿媳。

草草办了婚事，两个人单独过日子，爷爷和奶奶再也没有登门，去哪里路过我家，也要绕道而行。看到母亲，就像看到了丧门星。

我出生以后,妈妈承担了家务和地里的农活。爸爸仍保持过去的生活作风。每逢周六日,他就去同事家喝酒。喝完一家,又去另一家。转辗了几个乡镇,喝醉了就住在别人家。有一回清晨,我们还没有起床,门外响起一阵敲门声,那人用拳头、用脚,好像又用了石块砸。我套上一件衣服去开门,门前的人棉衣上积了一层霜,头发一撮撮冻硬了,肩头脖颈上粘着枯草。他一把抱住了我,用胡子蹭我的脸。他身上的寒气让我打了个寒战。妈妈煮好米粥走出来,她先是惊讶,而后愤怒地推他的胳膊。妈妈问,你去哪儿了?爸爸亢奋地说,他昨天跟同事喝酒。妈妈又问,那是昨天的事。我问的是,昨晚到现在,你去哪里了?爸爸头发在滴水,身上的霜也在消融。爸爸猛地弹直身子说,啊呀,我忘记了。

那次挨冻了一夜,爸爸渐渐消沉下去。他突然有时间反思自己的过去:曾经他以为自己是创造新世界的一分子,其实那不过是人生中的一次走神而已。同时,他也弄明白那些力量就像晨露一样,稍纵即逝。

整个寒假,他安心待在家里。往往要睡到下午,才挪到琴边。他脚踏着风箱,手指放到琴键上试音。过去,他在师专里学过邓丽君的歌曲。他弹了一首,妈妈打着节拍附和。结束后他解释说这是《小城故事》。紧跟着,他俯身下去,像是在寻找琴键,舒缓的音乐流淌出来。我心里甜滋滋的。爸爸说,这是《甜蜜蜜》。

一开始他还认真地弹奏着,可是到后面完全没有了章法。他不说话了,眼睛望着别处,任由手指在琴键上蠕动。妈妈听烦了,去了厨房。我也调大电视音量,想要盖过去。

整个冬天,就是在爸爸忽而死气沉沉,忽而轻快又弹错音的曲调里度过的。邻居也很快招惹来了。起先是一个串门的,后来来了两个表亲,演奏这样的稀罕事,就传了出去。人们把这当热闹来看。来的人多了,爸爸也装模作样地跟他们打招呼,然后不知弹了一曲什么,有人夸张地鼓掌,有人只是木讷地倚着门。

春节里,我在泥地里捡炮仗,附近一个老头拽住我的衣领训斥道,你爸爸是反革命,我看是说对了。你看,他在家里正写密码呢。你不知道吧?他是个间谍,他要给台湾和美国打电报呢。我哇哇大哭,吓着我的不是他说的话,而是他的口气。

回到家,趁爸爸睡着了,我翻出那本硬面抄。里面果然密密麻麻写的尽是密码和逗点。过了好多年,我在舅舅家上了小学,才知道那本硬面抄里,是爸爸写下的一首首曲谱。他带着那些曲谱来到南方,最终在一次次的搬家中,遗落在一辆安徽牌照的卡车上。

开学以后,妈妈一个人带着我,整天无事可做。大概她真的感觉到了无聊。一次在整理衣柜时,她翻出一大卷教育方面的旧报纸。那些都是爸爸从学校带回来的。这似乎打开了一个新的世界。起初她只是好奇,觉得里面的文章有意思,后来看得着迷了,翻着油墨纸,手指发麻了也不在意。

看了一多半,她才发现报纸原来是两年前的。但是这不影响文章本身的丰富和奇妙。那些关于儿童教育的文章,像一把种子,撒在她的心田。那个叫欧文的人,提出了最初的概念。看到康有为的《大同书》里也提到了,她甚至感到了一种崇高感。那股奇异的感觉唤醒了她身体里的能量。

第二年清明,妈妈收拾了一间耳房,在白墙上糊了泥沙,刷上三米见方的黑漆。她去镇上焊了两架跷跷板,又在院里铺上一层红砖。她照着美术课本,拿木刷子蘸着彩漆开始临摹。折腾一上午,里外的院墙上画满了动物。河马、长颈鹿、老虎和山猴,拥挤地立在墙面上。她觉得少一些绿色,可惜没买到绿色油漆。她只得在墙下开了一道沟,种上无数的高草。这样远看去,倒有些动物园的野趣了。

她又找邻镇的木匠,打了一批桌椅和两匹木马。摆放好后,她仍不满意。她又打了两架书橱,自己在水井边砌了洗手台。这些物什花去了她几年的积蓄。准备差不多了,她拿出刷碗的扫把,蘸了浓墨在红纸上写:晚春幼儿。张贴了几张告示,幼儿园就办了起来。

那时候附近几个村子只有一所小学,幼儿园还是个新鲜的名词。大人们其实也不指望玩泥巴的小黑孩能学到什么，只是自己能图个清静，孩子也能有人管教。开张不久，人们纷纷领着孩子来看热闹。刚开始他们只是到处看，后来有两个人报名，其他人也开始犹豫。这时妈妈说：最多收二十个，收满不再收了。人们怕便宜让别人占了，抢着报了名。妈妈定下规矩，跟种庄稼一样，一年两季，一年开设两个学期，只管教学不管吃饭。

　　幼儿园先教识字。妈妈讲到"狗"这个字，就牵着家里的老黄狗做示范。讲到"鸡"这个字，她就命一个孩子去鸡舍抓一只大公鸡来。等讲到驴时，妈妈就要把大叔叔请来，他弯腰走进教室，妈妈指着他说，这就是驴。孩子们大笑，在一旁看的家长也忍不住。大叔叔尴尬地又往讲台旁走，他身后的毛驴才牵进来。

　　上了两个月的课，妈妈摸索出了一套课程。逢单日，她教算术、拼音和识字。逢双日则抬出爸爸的脚踏风琴教唱歌，做游戏。偶尔她也会"外聘"几位教师。一位是从前的老地主，他哆哆嗦嗦地站在讲台上，一开口便开始摇头，他说这样背《论语》，能掌握气息。孩子们也跟着摇，几天下来，有孩子背完了《学而》篇。另一位是村里的胡医生，他来讲个人卫生。孩子们都怕他。因为他打针的时候，用棉球擦完屁股，迟迟不肯扎下。他举着针拉开距离，闭上左眼，手腕攒着劲。原来他是在瞄准。后来一个中午，来了一位化缘的和尚。妈妈也请他讲一讲。他拘谨地走到黑板旁，问孩子们最大的数字是什么？有人说一万，还有人说一亿，又有人说，还有一兆。和尚捏起粉笔头，画了一个"九"，转身出门了。孩子们不解，妈妈也疑惑着给他填了一钵盂菜饭。

妈妈除了照顾我，心思都在幼儿园上。但到了农忙季节，孩子们放学了，她还要去地里忙活。有一阵子，她精神恍惚，煮着饭眼睛也会不自觉闭上。晚上搂着我睡觉，我滑到了地上，她睡醒了才发觉。

夏天还容易一些。她可以带孩子去河边和山丘郊游。入了秋冬，孩子们都不愿动了，缩在教室。她只好拿出故事书，一本本地念，直到所有孩子都睡着。

终于到了年底，孩子们学业有成——能算出三加四得几。趁着家长们来接孩子，她提出收学费的事。家长们大吃一惊，他们并没有把这当一回事，庄稼收成是正经事、去镇上开店铺是正经事，在家里带孩子算什么？况且二百块也太多了，他们对妈妈提出的数目只是摇头。人们只当她是帮人照看孩子。孩子没喝她一口粥、没吃她一粒饭，凭什么要这么多？有些人摆手推辞说，明年再说、明年再说。还有一些当面拒绝了，攥着拳道，简直荒唐。还有一些为人和善，只是趁晚上扳倒我家一排玉米。

受挫的母亲闭口不再提学费的事，照常上课。学期结束后，眼看要到除夕了，院子里开始飘雪。妈妈说，我们可不能熬鸭架子过年。她精心打扮了一番，穿上一身体面的衣服。她往我怀里塞了一只簸箕，领着我出了门。

我们从东边第一家开始敲门，开门的是个男人，姓赵。见到我们来要钱，老赵立即关门，妈妈伸手挡住了。老赵说我不当家、不当家的。妈妈半身挨进了门说，老赵你家要过年，别人家也要过年。你家小囡是孩子里学得最好的，加减法、唐诗哪样不是我一句句教的，你不信叫她过来，《枫桥夜泊》张嘴就能来。老赵只摆手，会那些没有用。老赵又推一点门，妈妈收回身子，只留下膝盖。

我抱着簸箕，看着门缝一点点合上。膝盖眼看夹住了，门缝里传出小女孩的声音，谁啊？妈妈往里踱了一步，哦，是我李老师，来给你家拜个年。小女孩蹦跳着来开门，嘴里欢快地喊，李老师好，李老师好。老赵露出为难的神色，折回屋拿一包干枣丢到我簸箕里。妈妈还要说话，门猛地关上了，看来用上了全部的力。

第二户开门的是老年人，看到妈妈便回屋叫人。胖婶婶走出来，掸着妈妈身上的落雪，客气地邀她进来。妈妈说不打扰了，锅里的面还发着。胖婶婶又说，家家都要过年，没错的。但是现在手头紧。她准备好了一样，说，要不这样，我准备了一点吃食，你拿回去救个急。她从身后提溜出一串水糕。她搁到我簸箕里，摸摸我的头。这招水来土掩的功夫明显起了效果。妈妈看着她笑呵呵的，也不好再索要。

关上门后，妈妈拉着我继续往前走。院里传出老人的声音:这谁啊?是不是……那个婶婶打断道:谁啊,没谁,又一个想钱的疯子。

又连续走了三家,要回来两根红薯和半袋馒头。其中一家有电视声响,敲门后又安静了。妈妈喊了几声,没有人应。她捡起一块砖,扔进院子,"啪"一声响,还是没有人声。

其他几户,有的给了一串炮仗,有的是一双手套,还有一户人家用两捆蜡烛打发了我们。

到了村子西边,像是有人通风报信。有一家人放出两条狼狗,我们躲到路上,妈妈去找木棍,我吓得跌倒了。簸箕翻到地上,其中一只狗跑过来,叼走了水糕。我吓哭了,妈妈赶来时,两条狗正嚼着糕碎末。妈妈拉我站起来,狗又想来拱簸箕,妈妈朝它们扔木棍,它们狼狈地逃了,只在不远处汪汪叫着。

我们晌午出的门,到了晚上才回来。妈妈倒空簸箕,桌上只有零零碎碎一些杂物。我围着桌子站着,摸了一粒枣放进嘴里。有那么一瞬间,我不知道母亲去了哪里。我回过神来,妈妈从外面进来,拿走了墙边的酒,又缓慢地走进东屋,跟着"咯噔"一声,门反锁了。

我喊了两声,里面没有应答,推门更是推不开。我跑到窗口,她已打开了瓶盖,她喝了一大口,身体皱缩着,头耷拉着。我不知发生了什么,只是蹲在地上,嘤嘤地哭。我喊妈妈,喊她名字,她也不搭理。

爸爸赶回来时，我浑身抽搐。我担心她肯定死了。爸爸扔下自行车，扫了眼院子，从角落里拿来一把斧头。我跟着他跑进屋，他朝着锁钥孔砸了几下，砸开了一条宽厚的裂缝。我们正要撞门，门霍地拉开了。站在我们面前的人披头散发，脸通红。她颤巍巍的，一时间我觉得不是她在站着，而是一股力量勉强撑着她。

她撞开爸爸，夺走他手里的斧头，跑出了门。正是天黑，没有人知道她要跑去哪里。我们跟到门外时，才看到马路上瘦弱的背影。她凭空挥着斧子，大声喊了几句话。附近人家都亮起了灯。她历述事实，让雪田的人都来讲道理。一开始她还在就事论事，讲教孩子的艰辛，以及教学的重要性。到后来她语速变快，慢慢变成一种控诉。她跺着脚，一下一下劈着斧子。她从东边第一户人家开始数落，一家家挨着，一户也不落下。说到最西边一家，她声音嘶哑，筋疲力尽，斧头都快拿不住了，只好拄着斧子说话。

爸爸从身后抱住她。她挣扎了几下就不动了。

躺在床上，我一杯一杯给她喂水。爸爸从东屋走回来，晃了晃手里的洋河酒说，还不错，还给我留了半瓶。妈妈像是听见了，身体动弹一下。我担心她会呕吐，我抽出放零食的抽屉，拿出一颗话梅糖。我递给爸爸说，给她吃下，她就不吐了。爸爸剥开了糖笑着说，醉酒这事，爸爸最有经验。他塞进嘴里又说，明儿一早她就好了。放心吧。

在妈妈恢复的那段时间里，小叔叔来到了我家。他贩了一车山药去南方,这几天刚刚回来。他带回来一笔不多的钱,也带回来南方的消息。那时候,村子里有人去了南方城市,电视上也在报道民工潮。爸爸不为所动。

他将小叔叔让进屋,给他泡茶。小叔叔沾着茶水在桌上画一张地图,用手指点着东南角。他对爸爸说,你是读书人,现在怎么成了呆子?有点能耐的人,都跑沿海一带发财去了。全中国的钱都涌到了那里。随便赚一点,回来就能刨了砖房,开上轿车。再过十年,农村哪里还有人呐。

看着小叔叔云山雾罩地讲,爸爸只是笑着似信非信。小叔叔有些恼了,他抓住爸爸的胳膊说,我的好二哥,你当我骗你的是吧?小叔叔说,头两年,他卖山药的地方,到处都是工厂,招工的人多了,带过去的小孩也更多。夏天我再到那儿,已经建了五六所学校。那些香港来的老板,把办学校当买卖做。这些学校到处在招老师,工资上来就是这个数。小叔叔两根手指在桌沿掼得啪啪响。

小叔叔走后,爸爸拿不定主意。他不想努力了,他宁愿在没有指望的中学沉沦下去,甘愿过失败的人生。妈妈从里屋走出来,穿着单薄的衣服,不看我们,也不看其他地方。她走到走廊上,眼神在白雨里飘忽。她似乎并不感到冷,连日来的阴雨天,让她看起来有一股阴郁之气。她倦怠地看了眼爸爸说,去吧,我宁愿死在外面。

正月的一个清晨,妈妈背着我出了门。不知走了多久,我们上了一辆班车,我迷糊地看了看周遭。身边都是陌生人,我想睡又睡不着。我撇着嘴要哭。妈妈拍我肩膀说,你别哭,我给你讲一个故事。我吸了吸鼻子,想忍耐一会。妈妈说,从前有个人,把天上的神得罪了,神惩罚他将一块巨石推到山上。但是石头太重,到了山顶又滚下来。于是他不得不重新开始推。再滚下来,再重新推。如此反复。然后呢?我问。然后他就死了,妈妈说。这个故事达到了催眠的效果,我歪着头睡过去,模糊听到妈妈说了一句,大概只有人才会这样。

我睡了一会,车身剧烈抖动,妈妈牵着我,下了车。她重又背上我。穿过一片田地,露水打湿了我的脚踝。上了土坡,我闻到淡淡的机油味。

再次醒转,我看到一副未拆洗的蚊帐。透过窗户,我看到院子里堆了沙子,沙子旁蹲着一个女孩。那是我的表妹小满。一切都来不及了。啊,一觉醒来,我已经到了舅舅家。

过了两天,舅舅带我走进他的卧室。小满正在看电视,舅妈对着一只红色方块说话,方块里传出熟悉的声音。从他们的交谈中,我得知一个意外的信息。原来妈妈临走时,借走了两千元。舅妈在县里开了一家干货店,攒了不少钱。

轮到我听电话时,她只问了我吃穿上的事。我小声回答了。她只是重复说,那就好、那就好。

又过了一阵子,妈妈打来电话。这次谈话她欲言又止,她说了一些家常，最末才说出事情原委。他们落脚的附近有很多外地人，那些外地人的孩子都没到上学年纪，根本没人管教。舅舅听得津津有味。妈妈说，她准备花上一笔钱，租两间房子。办幼儿园那一套她都熟悉。

舅妈倾身到话机边，她对这个想法很感兴趣。她兴奋地说，这就像做买卖一样。妈妈说，幼儿园名字都想好了，叫"夏天果实"。舅妈说好，孩子嘛？总爱吃水果。

那次通话之后，我经常去电话机旁站着。有时小满神气地走过来，利落地摁了114，我问她在干什么，她说她在查天气。她又说，只要知道号码，你可以跟任何人通话。小满神秘地拿出抽屉里的绿皮本，翻到最末页。那是妈妈的号码。她说，你试试？我摁了数字键，嘟两声，有人接了电话，我欣喜地要说话，却听到老头的声音：哪个哪个？我和小满都不敢吱声，那边又说，策那，哪个小赤佬。我吓得撂了电话。

过了两个月，舅舅带我去办入学手续。听到还要多交择校费，我身体都僵直了。我看着舅舅，舅舅说，我先去问问。他说的问问，是指问舅妈。

我们到干货店时，她正在给人称银耳。舅舅说了情况，舅妈看着秤砣点头。她利索地数了一沓钱，我站在一旁，耳根热乎乎的。我不自禁说了声，谢谢。舅妈抬眼看着我，突然爽朗地笑了，她擦去嘴边的沫子说，你妈妈现在发财了，这点钱哪里算钱呐？

往后的日子，我经常琢磨这句话。这是她的揣测，还是真有其事？在一个秋天的傍晚，我终于明白"现在发财了"的含义。那天舅妈从镇上回来，在饭桌上拿出一只包裹，书本大小。我和小满围上去，小满要去解开，被打了手。舅妈对我说，这是你妈妈寄过来的。她下午专门关了店去邮局拿的。她揭开塑料硬纸，又一层报纸，方方正正的。文具盒？我问。舅妈撕开报纸，露出棕黑色的包装。小满抢到手里，翻着看也没有看懂。她只好放到我手里，凭着我学会的几十个汉字，我认出那是一块巧克力。

巧克力早已碎成几块。小满捡了一片放到嘴里，牙齿动了一下，噗噗往地上吐口水。太难吃了。她作势地喝稀饭往下咽。我也尝了一块，满嘴也是苦味。只是嚼了几下之后，那连绵的苦涩倒让嘴里生出了果仁味。

舅舅说，看来他们是赚到钱了。何止啊？舅妈补充一句，南边遍地黄金。她看了眼桌上，碗具摆满了，她又放进去两只，做出"遍地"的感觉。她又说，幼儿园招孩子，钱就跟水一样进来，况且……她端起一碟咸菜说，况且有钱的地方都重视教育，这生意比干货店好做百倍呢。

小满在一旁泄气说，要是买别的该多好，这劳什子要把我毒死了。舅舅说，那你想要什么，就跟你姑姑说。小满想了想，爬下桌子，从我书包里拿出纸笔。她啃着笔头，混着拼音写：奶 tang、la 条、布 wawa、花 qun 子……她写了一整张纸，她折好了小心递给我。她说，好吧，你就帮我告诉他们吧。

晚饭后,我拿走了那块象征财富的巧克力。连带一起的还有包裹它的报纸。在昏暗的灯光下,我打开那张揉皱的《芦溪日报》。哦,原来他们去的那个城市叫芦溪。报纸的字里行间透露,芦溪挨着上海和苏杭,看来也是一个好地方。我浏览着新闻,出现的一处处地名很是新鲜。我想着妈妈会出现在那些地方,心里有一种莫名的高兴。

睡到后半夜,竹床深处传出虫咬的声音。那细微的、咬人神经的响动时常吵醒我。我爬到床下寻找声音的来源。在黑暗中摸索,我抓到一处硬物。推将出来,竟是一只大木箱。木箱被虫蛀了,几只蟑螂爬了出来。原来锣鼓喧嚣的是它们。

它们走后,我看着棕红发青的木箱。铰链上没有挂锁,小心打开后,只有几本旧书和一匹布。我觉得无趣又爬上床睡了。第二天,舅舅看到箱子说,你不知道吧,这老古董还是你妈妈的。她出嫁时忘了带走。我好奇地望向他,他又说,跟外婆分家前,你妈妈一直住在这个屋里。我惊讶地重新打量着,好似屋子的边边角角都泛着光彩。

木箱里的书,是一套张恨水的小说。我翻了几本,扉页上写明了购于何处,有的是县书店,有的是河西书摊,还有的是粮站货店。看来她花了很多心事才买齐。她认认真真读完了,每个章节都有她留下的批注,有些是自己奇怪的想法,有些是对某个男主人公的渴慕。我想象少女时期的母亲,是如何沉浸在一段段缠绵的爱情里。她是否也曾幻想过到南方去?为了那种种美好,她是否会为之疯狂?

整理这些旧物,我揭开一卷布,发现一部相簿。说是相簿,并没有见到照片,夹着的多是汽车票、旅游册以及一枚纪念币。只有一张照片,是西湖前的单人照。妈妈戴着眼镜,穿一身素色衣服,手里提着塑料袋,看起来很拘谨。

我问舅舅这是什么时候的事?舅舅说,大概是她读中学时。有一年暑假她省吃俭用,一个人去的。一个人跑出去,又一个人跑回来。这是在西湖吗?我问。舅舅远近看着,问你怎么知道是西湖?我指着底下两行泛黄小字:西湖,1987年。舅舅害臊地挠了挠额头。我翻看汽车票,果然是往返杭州的。她把那趟西湖之旅保存了起来。

现在我疑惑了,原来母亲是见过世面的人。南方对她而言,究竟意味着什么?她不惜放弃孩子往南方去,是生活所迫,还是心生向往呢?她做出这个决定,难道只是出于冲动吗?妈妈的形象渐渐模糊起来。

模糊的原因还包括,妈妈蓦地在南方发迹了。她在电话里说,她招到了一大批孩子。现在她学聪明了,先收学费,再上课。妈妈让舅妈猜猜第一个学期收了多少?舅妈说,二十?妈妈哼哼了两声。我仿佛看到她在电话那头摇头的自信模样。那多少?舅舅俯身去问。妈妈说,一个手掌。舅妈欣喜得直拍舅舅肩膀。

往后，饭桌上我们总是谈到她，她渐渐成了遥远未来的希望。舅妈开始在我身上花钱大手大脚，除了给我生活费用，还经常给我买新鞋和衣服。到了月底，她拿出记下的账单，算出我的花费后，总要补充一句：在你妈妈那儿，这点钱哪里算钱？

看着账单越积越厚，我担心起来。我跟舅妈说衣服够穿了，不用每季都买。舅妈在货摊里忙活着，挥手说，不碍事的，到了年底，你妈妈不知要带回多少钱呢？到时候，我们还能去大饭店吃一顿。

到了年底，舅妈没有等来那一大笔钱，而是一通电话。妈妈说，想让我去她那里过新年。舅妈喜出望外，她把我的这趟远行看成对她的检验。她早早跟舅舅送我到汽车站，她往我书包里装进奖状、成绩单，还有稍高级一点的零食。上车前，她掸掉我身上的灰尘，整理好袖口和衣领。她不用嘱咐任何话，我也知道在父母那里该怎么说。临了汽车发动了，她从舅舅口袋里抠出一包烟，递给驾驶员，说麻烦他一路上多照顾。

就算十多年过去了，那次南方之行，我仍记得许多细节。我穿戴整齐，坐在最末一排，望着舅舅一家挥手远去。车上了高速，我靠着震动的玻璃窗睡着了。等我醒来，眼前是无尽的水面，运沙的船只在穿行。原来汽车驶进了船舱，现在正在渡江。过江后，我再也睡不着了。道路高低起伏交叉在一起，两边的高楼看着眼晕，我想象他们住在高楼里，过上了不愁吃喝的生活。

到站后，驾驶员带着我出了站。旅客拥成一团。有人推着自行车挤进来，踏着高跟鞋，穿一条发亮的皮裤子，头发染成干草的黄色。要不是看到她向我招手，我根本认不出这是我的母亲。她比从前高了一大截，似乎是紧身的皮衣将身体裹上去的。她夸张地抱住我，眼睛有些湿润。她不住地说，我的乖乖、我的好乖乖。我闻到她脖子上雪花膏的香味，看来舅妈说对了，我来这里就是享福来的。

她骑车带上我，骑行了许久，身边的高楼逐渐消失，能看到大片的田地。我们终于在一处集市上停下来，妈妈指着桥下一条旧渔船说，我们的家就在那里。这里哪里是城市？原来他们是从农村搬到了另一个农村。我隐藏着心里的落差，跳下车。

走到细长的甲板上，船舱里摆着桌椅，爸爸准备好了午饭。坐下后，妈妈一个劲儿地给我夹菜，桌上其乐融融。妈妈又说，下午带我去集市上玩。我点点头说，等这些玩好了，我还想看看妈妈的幼儿园呢。妈妈看着我，筷子搁到了桌上。

吃完漫长的午饭，我才知道幼儿园的情况。他们落脚后，妈妈觉得时机正好就重新收拾了船舱，在船体上画了乌贼、鲸鱼和海藻。跟着她又去汽车修理厂，买了很多旧轮胎扔到水里。夏天的时候，孩子们可以在浅滩上浮水。

为了招生，她写了很多纸条。到了晚上，她端着热糍糊,到城里张贴。贴了三个晚上,有人上船来咨询。没用多久,招来了一大批儿童,他们来自天南海北。有安徽浙江,也有广西宁夏的。妈妈觉得方法可行,就有意扩大张贴范围。

有天晚上,她托着糨糊,在商场边溜达。那时正赶上"严打",有警察看到了她,前来询问。她见到警察,丢下碗就开始跑。她跑,警察就追。追到死胡同,就铐了起来。她被当作小偷抓进了警察局。警察局里白晃晃的,她以为要判刑、坐牢,吓得什么都说了。不久后,有警察来渔船上调查。

下面请犯罪嫌疑人说两句。爸爸突然说。

别听他乱说。妈妈说。

那后来呢?我打断他们。想到舅妈家的期盼和嘱托,我焦急了。

原来幼儿园被取缔后,妈妈一直赋闲在家。爸爸面试了几家学校,老师都招满了。他们来迟了一步。两个月前,爸爸决定不待了,他收拾行李都准备回去了,妈妈鼓励说,再试一家。爸爸找到铁路南边的学校,情况还是一样,老师招满了,要等到明年。爸爸穿着廉价买来的西装,浑身燥热。他望着这所染厂改成的校园,自语说,这么好的校园,要是有首校歌就好了。对面不耐烦的老板看了他一眼。爸爸起身准备走了,老板说,要不你来试试?他指着角落里一架电子琴。爸爸平静地愣了一会说,那你等等。

爸爸走出门，过了几条路。他在火车经过的铁轨旁想了一会。用他的话说，那一刻他觉得上天都准备看他的笑话。他来到船上，在一堆衣物和票据里，找到了那个硬面抄。他不紧不慢地走回办公室时，老板已经在看电视了。他翻开写满数字的一页，双手颤抖地弹了几个音，等找到了节奏之后，他闭上眼睛，舒展了一下胳膊，将曲子从头到尾演奏了一遍。

老板问这是哪首曲子？爸爸扯了扯衬衫，说不知道呢，因为他还没有取名。

老板从椅子里抬起屁股，前后打量了这个有些奇特的人。临了他说，要不你留下吧？爸爸问，老师不是招满了吗？老板说，正常的老师是招满了，缺的是音乐老师。爸爸点了点头。他出了门，老板追着问，跟我干的老师都能喝酒，你能喝酒不？爸爸会意地笑了。

回来路上，爸爸一边高兴，一边疑惑，这样的学校，音乐老师的职位是否是多余的？是老板真的需要这样的人才，还是只是觉得他为人有趣？

我在哗哗水声、晃动的灯光里，度过了新年。到了我该回去的时候，妈妈在我衬衣上缝了口袋，装进去一千元钱，又用针线缝死。我揣着这些钱，坐上汽车，摇摇晃晃又回到了舅舅家。

当舅妈拆开我衬衣上的口袋，摸到里面薄薄的一沓时，她脸色彻底难看了。

当父母在南方勉强度日时，舅舅家的生意却做得风生水起。一九九七年，舅舅辞掉板厂的工作，跟舅妈合力经营干货店。为此他买了一辆摩托，负责店铺的采购和运输。不到一年光景，跟店里有业务往来的饭馆有五十多家。那时候谈论大城市还是一种时尚，对于封闭的县城来说，除了商场里出现意尔康皮鞋、沿街商铺可以租售性爱录像带外，新时代的春风还远远没有吹到这里。在客户签单的时候，舅妈很愿意谈一谈南方的穷爸爸和穷妈妈。

又过了两年，舅妈拿出全部家底，合并了旁边一家肉店。店面从两间扩展到四个门脸。我读到三年级，经常去店里帮忙。我负责搬运香料和称重肉皮。不多久，舅妈见我踏实，将管账目进出的活计也交给我了。舅妈看出了我的早熟，谈到我父母时她会说，你是你，你父母是你父母。有好一阵子，我以为她要把我当作助手，一直留在身边。往后，在干活和学习之间频繁切换，又加上几年不曾相见，父母的形象都有点模糊了。

一年的努力没有白费。广播里传出澳门回归的那个午后，舅舅家装上了有线电视。舅舅举着天线爬到屋顶上。他在屋顶喊，我和小满在屋里回应。几个来回，屏幕上倏地跳出彩色画面。小满握着遥控，全国各省的频道都在眼前闪动。就在这个时候，那个叫芦溪的电视台一晃而过。我夺过小满的遥控器，小满踢着腿要哭，我厉色看了她一眼,她听话了。我找到那个频道,正值晚间新闻。画面上无数女工在埋头织布,配音说,芦溪要产业振新,正大兴纺织业。

往后的几天,"纺织业"三个字在我脑海盘旋。我想到遥远南方的母亲。她有打毛线、缝衣服的底子,织几块布应该不成问题。果然没过多久,妈妈打来电话,她说她在一家纺织厂找到了一份工作,薪水眼看要超过了爸爸。

这份工作妈妈做得很卖力。她扯着布卖力地往身上缠了一层又一层,回到家后,再一层一层扯下来。半年光景,妈妈"带"回来的布,在屋里积了半人高。后来布料用不完,又寄到了舅舅家。我们欣喜地看着布料,经舅妈之手,变成店铺里的遮阳布、围裙和抹布。

这样的好时光没有持续多久。晚上我从学校回来,芦溪电视台正在播晚间新闻。看到那则消息,我开始忧心忡忡。新闻里说,千禧年,芦溪将迎来大规模的产业转型。

我不明白转型意味着什么。再一次接到电话时,我站在一旁着急地等待着。终于轮到我时,我憋着一口气,突然说,我看新闻了。舅舅笑了,说这么小的孩子,也关注国家大事。我有些恼怒,一时说不出话。

没过多久,我的担心变成了现实。工厂倒闭的消息从南方传来。妈妈在电话里说,纺织厂的废料直接排进河道,河水都污染了。城市现在正在改造,所有化工业都面临危机,朝不保夕。

丢掉工作的妈妈，并没有在家待多久。过一阵子，新闻里又说，机械产业复苏终于出现了苗头，招工的力度慢慢跟上了纺织业。然后，妈妈在一家厂房谋到一份清点发动机的差事。接到电话时，我和舅妈都松了一口气。看来，这个月钱还能照常打来。

以后我对芦溪台更加关心。一天傍晚，新闻里无数伤员在送往医院，一家机械厂大楼正冒出浓烟，厂房纷纷倒塌，救护车警车紧急围住了。路边一块公交站牌，因爆炸震动而扭曲变形。看到这里，我扑到桌前，擅自拨通了电话。

陌生的老头接起话筒时，我大声喊，叫船上的那个女人接电话，船上的！对方安静了一会，说等一下。妈妈来接电话时，嘴里还含着饭菜。我说到新闻里的事，她竟然一点也不知道。

原来，爆炸案发生时，她正骑自行车回家。她感到空气震荡，一股热浪涌动了一下，巨响传到她那里已经没有了声音。她以为天气转热了，回到家还打开了电风扇。她说，没事的，他们工厂效益一直很好，跟这次爆炸案没有任何关系。

不久，新闻上又传出消息，芦溪将针对潜藏危险的产业，进行一次大清洗。这一次，大批的机械厂纷纷搬迁。妈妈再一次失业了。爸爸在电话里说，现在发展太快了，就像一只蜗牛，走得太快，壳儿就会丢掉。

有三个月时间，妈妈没有寄来一分钱。很快非典席卷了全国，学校里让每人交三十块钱，包括卫生费和消毒费。我跟舅妈要了几次，终究没有拿到。舅妈说，没人上街了，生意不景气啊。

非典风波过后，街上渐渐恢复了热闹。人群里有人走着走着，忽然站住了，从口袋里抖抖索索地拿出一台小东西，一面嗯嗯啊啊，一面到处找信号。紧跟着效仿的人多起来，一个新的名词在人们口中流传。芦溪电视台的新闻里说，中国迎来了手机时代，中国迎来了小灵通时代。

之后半年的新闻里，招商引资的项目频繁出现，新建的电子厂遍地开花，城南城北特意划出两处开发区。这次机遇中，妈妈找到了第三份工作。她拿着一长串的工作简历，进了电子厂，负责芯片组装。

稳定了大半年，芦溪开始大兴土木。这次整顿面向整座城市。新闻里透露，人员密集的行业逐步成为城市的肿瘤。大面积的电子厂受到冲击，随着商场的建立，崩塌只在顷刻间。

妈妈再次成为受害者。舅舅家得到消息后，舅妈叹息着对我说，不能再让你妈妈找工作了，她一找到工作，人家工厂就要倒闭。

这时候更为严重的事，我们还远没有想到。新一波招工热潮开始之前，失业率激增，流动人口处于不稳定状态。城市郊县的工人无事可做，赌博打架事件滋生，好像书上讲的大萧条时期的光景。

躁动的情绪,在一个午后触发了。舅舅一家守在电视前,屏幕上一群人拥上街道,路牙边坐满了人,不知谁从窄巷里举着标语走出来,闲散的人群开始聚拢了。人们喊着口号,有序地跟着标语前进。过了两条街区,另一支队伍也出现了。合流后,壮大的队伍挤满了主街道。画面切到下一则新闻。

等到晚上十点半,爸爸终于打来电话。他说事件到了晚上才平息,更让所有人没想到的是,妈妈也在那一群人当中。

在爸爸急促又混乱的叙述中,我们听清了原委。妈妈失业后,在家里生闷气。她去街上买菜时,听到了游行的消息。她带着两把芹菜也参加了。其实她不知道将要发生什么,她只是看到人们打出的标语,很符合她的心情。

妈妈到市里时,交通早已瘫痪,公交车上的人也下来加入。人们踩着别人的脚后跟往前走,庞大的队伍移动一个街区,要花半个钟头。到了中午,前方传来打砸抢烧的消息。后面的队伍似乎得到了某种信号,人们纷纷拾起路边的条凳和扫帚,冲进沿街的商铺。服装店、水果店被洗劫一空。突发的情形,让整个队伍自行溃散了。最终到达市政大楼的只有一小部分,这一小股势力在警察出现后也迅速瓦解了。

爸爸一整天都在学校。下班后他四处找不到人,索性骑车去市里，但是等待他的只是乱糟糟的街道和维持秩序的警察。爸爸只好回到船上等。到了后半夜，妈妈恍惚地站在船舱里，她揉着腿，额头撞破了，手里还抓着秃掉的芹菜。妈妈说，她被人撞倒了，躲到旁边面馆才跑出来。那时候哪里还有车，她只好靠两条腿往家里走。

　　这就是盲目，爸爸突然说，这群人反抗的对象都没有，就是一帮土匪。人到了集体里就丧失了智力，杀人越货的事也是正义的。要是真出了事情，李红就是去当了炮灰，毫无意义。

　　我们在这边听着，都说不上话。借着爸爸停顿的机会，舅妈连连说，回来就好，回来就好了。

　　那次事件过后，妈妈安心待在家里。有时她在船舷上，一坐一整天。她看着桥上的行人，想着心思眼泪无故流下来。到了傍晚，伴着收音机的杂音，她凝视着幽暗的水面。

　　好在他们很快从船上搬了下来。有一回下起大雨，爸爸踩空了两块木板。船的主人说，船太久了，他要收回去。他们只好匆忙搬离。只是他们并不知道，从船上下来，自己的命运也彻底改变了。

　　起先他们在学校住了两个月，后来又搬到一家阁楼里。阁楼渗水，他们在郊区找了一处靠近火车铁轨的院子。

　　我考上初中之后，他们一直住在那个院子里。有时上课时，我会想象那座院子的模样，跟舅舅家的有多大不同？有一天，传达室的老头打断了我的走神。他递给我一封信，我正要通知班里的人来取，低头发现信封上竟是我的名字。

放学后，我小心翼翼地打开。是妈妈寄来的。我很诧异，她为什么不直接打电话？信写在软面抄撕下的两页上。她关切起我生活上的事，仔仔细细，从天气变化到吃饭睡眠。接着她说，她很想念我，每当看到别人带着孩子，她心里就发慌，以为自己做错了事情。她成天待在院子里，看到小孩子来玩，就忍不住给人分零食吃，还问人家的名字和年龄。玩的时间长了，她真舍不得小孩子走。

读了几段，纸上有几处变皱的点，我想象她握着圆珠笔时，忍不住哽咽着的样子。她写道，她对我充满愧疚。是她一时的决定，让我变成现在的处境。她在日历上划着日子，总希望哪天可以回来看我。但是她每次提起这个要求，爸爸就呵斥她。看到这里我手指颤动了一下，我无法想象温和的爸爸会呵斥一个人。这是真实的，还是夸大的说法？

此后我经常收到妈妈的来信。她在信里说爸爸根本不顾家，她整天待在家里无事可做。爸爸回来后，他们总为换鞋、刷碗和打扫这些小事情而争吵。发展到后来，爸爸回家后干脆不说话了。妈妈说，他是故意晾着她。她也不愿意主动说话。她做完家务，就听收音机或看电视。他们可以三天不说上一句话。

爸爸依旧经常去同事家喝酒，每次都醉醺醺地回来。最严重的一次，浑然不知自己身在何处。他坐在地上，头耷拉到胸前,像只蔫掉的公鸡。妈妈一狠心,任爸爸在地上躺了一夜。爸爸像是意识到自己在家里的处境,再次喝醉就不愿回家了,变得经常在外面过夜。

妈妈信里写道,有一回他早上回到家,衬衫穿反了,脱鞋子时左脚的袜子也是反的。他到底去了哪里?更难捉摸的是,他一回到家,屋里就有一股分辨不清的味道。有次去超市买米,她无意中闻到了。她望着卖廉价香水的柜台,原来家里弥漫的是这股怪味。爸爸到底做了什么?难道是哪个女教师?妈妈越想越生气,她在家里到处洒消毒液。

在信的后半部,她开始考虑要不要离婚。看到这里,我心揪起来。妈妈在最末又补充一句:儿子,妈妈要是出了什么事,你就去问你爸爸。我吓得一整天的课都听不进去。

后来的几封信,妈妈写得像是呓语了。她不再关心家里的事,也不问我的情况。她说她睡眠总不好,外面风声或是远处的犬吠声都能吵醒她。刚开始她隐隐觉得头疼,后来一到傍晚,她用力地想问题,左脑勺的神经就绷得紧紧的。偏头疼一发作,她只能躺在床上,用手指按摩。

我隐瞒了这件事,但是舅舅似乎已经知道了。傍晚我埋头写作业,看到舅舅提着一个大塑料袋回来。吃饭时,舅舅说袋子里全是药,这些药是你妈托我买的。我点点头,装作不知道这回事。舅妈说,南边药贵,这么一大包能省下三四百。舅舅端详着药袋说,这么多药,邮寄过去,得不少钱呢。我随口说,要不我送过去?眼看暑假了,正好我想去看看。饭桌上安静了。其实我提出这个请求,还有另外一个原因。

一个月前,我跟舅妈提起过住校的想法。上了初中以后,有一部分学生开始住宿了。看到他们可以摆脱家长,我暗想这是我最后的机会。这样我就不用看人脸色过活。我对舅妈说,住校每天可以早起读书,晚自习还有老师辅导。我同桌那个胖子成绩跟我一样,住校后蹿进前十名呢。舅妈想了想说,住校也可以,但是得经你父母的同意。

此后我经常在电话机旁留意。我等着她打电话,但是每次她拿起话筒,都是在谈干货店的生意。等了一个星期,我才想明白,她是不会去问的。我住校后的花费是固定的,一笔账是一笔账。而我住在家里,却是弹性的,买的衣服、吃的零食,都是舅妈说了算。我父母付出同样一笔钱,舅妈可以从中挣到不少。现在对她而言,我也成了一桩挣钱的买卖。

但是提出看望父母的请求时,舅妈并没有看出我狡猾的念头。她喝了一口汤说,暑假嘛,应该去过一阵子。这一次她放下碗就去打电话了。我看着米粥里的倒影,里面那双眼睛怔怔地看着我。她回来后说,他们说可以。我点点头,平静地放下碗。回到屋里,我跳到床上来回滚了几圈,到处拾捡衣裤。

往芦溪去的汽车,越往南越闷热。过了长江,舔一舔嘴唇都是咸的。终于到站透了口气,甬道里满是乘客。我抱着一大包药,往空隙里挤。

站在广场边上,眼前的芦溪翻天覆地。不过几年光景,一批老建筑都抹掉了,像在旧城上建了一座新城。道路更加宽阔,容得下六个车道,来回的出租和公交都是统一的墨绿色。远边的商品楼更是层层叠叠,要仰望才能看到顶部。

我靠着石柱等待着。近处的日光照在水泥地上,有一层若隐若现的浮白。那些耀眼的光亮里,有人挥手奔跑着。大太阳地底下,她竟然穿了一件紫色毛衣。她为何不走两旁的绿荫小道?她是太高兴忘记了,还是压根不在乎?我招了招手,她扑到我跟前,用力将我揽过去。这不像是拥抱了,而是紧紧箍住。她脖颈汗津津的,看着我时眼神游移不定。

她领着我穿过广场,那里锁着一辆自行车。她载着我,穿过马路,停在一处百货商店前。她拉着我的手,往旋转门里走。两边陈列着电动玩具、积木箱和各种零食。我不觉兴奋起来。妈妈停住了,胸脯挺起来,精神焕发。她忽然说,去,想要什么,随便拿!

周遭有人好奇地看过来。那股异样的感觉让我止步不前。她拍拍胯部,这时我才发现她右边口袋是鼓的。她说,钱足够的,拿多少都行。她声音洪亮了,看我们的人更多了。我只好走到一辆电动卡车跟前。我拿起来又放了回去。我支吾着说,有点累了,想早点回去。

走出商场,我低头看着我们的影子。不知为何,每当影子交错时,我才觉得跟她更亲近一些。骑上车,我小心将头靠在她背上。她回头笑着说,你能来真是太好了,你爸爸也不常回来。我一个人真是烦闷啊。我想到她信里的内容,心里对爸爸感到愠恼。

骑了半个小时,车拐到小路上。那座院子就在路的尽头。这里更像一个四合院,正房住着房东家,两边后建的耳房,住了几家租户。他们那一间就在西北角。

进屋后,热气腾腾的。爸爸正在炒菜。奇怪的是,家里堆得到处都是杂物。桌子有两张,几张折叠椅塞到了门后。橡胶管、自行车把手也堆在柜子上。我找不到地方坐下。妈妈腾挪出空间,我贴着饭桌坐了下去。爸爸端菜上来,摸我的头。我侧身躲过了,他跟我打招呼,我只是低头数脚边的一堆旧瓶子。

吃完午饭,爸爸拿起水壶,问我跟不跟他去打热水?我说不去。爸爸又说,那里还有锅炉房呢,你没见过吧?噗噗冒热气。我想了一会,滑下凳子也提了只水壶。

出门后,爸爸带着我走过小桥。他笑着说,你现在真是大了,不让人摸你的头。我咽了口水说,我知道的,我全都知道的。我瞪着眼睛问,为什么妈妈每次要回去你就骂她呢?

爸爸惊讶地看着我。他说,这怎么可能。每次他都小心地安慰她,说一等寒暑假就接我过来。可是她提起的次数更加频繁,好像她很快忘记了说过这件事。

到了锅炉房,爸爸站在热气里说,妈妈经常精神恍惚,有时看了一整天电视,什么也不愿做。严重的时候锅里煮的米粥漫到了灶台上,她还盯着什么地方发呆。有一回他陪妈妈去公园散步,看到一只小白狗,可能是别人遗失的。她就将小狗带了回来。爸爸心想,有个小狗,她还能有个陪伴。妈妈还想着给小狗起我的名字。爸爸立刻否决了。妈妈就叫它小熊。她每周给小熊洗澡、磨指甲,吃完饭就抱着坐在太阳底下。后来有一天她买菜回来,发现小熊没在家,整个人都慌了,到处去找。找到晚上,她魂不守舍地走在机动车道上,差点撞上一辆迎面而来的大货车。

爸爸关上水龙头,接过我的水壶。他望着水流说,家里乱糟糟的你也看到了。爸爸说小狗走丢后,妈妈经常在外面晃荡。早上出门,快中午了才回来。有时双手脏兮兮地提着一只小竹椅,后来还带回一只木柜。她渐渐养成了捡东西的习惯。家里都快放满了,一件也不让丢掉。有一天晚上,我嫌挤,将一块路牌扔到门外,她看我的眼神都变了,睡觉时一句话也不跟我说。

回到家里,爸爸泡了一碗大麦茶给我。他喝了一杯热水,便去学校忙招生的事情了。

整个下午,我和妈妈坐在电视机前。我一会看电视,一会看她。眼前的母亲很平静。我挪到她身边,腿在床边晃着。我说出住校的想法,而且强调已经跟舅妈说过了。妈妈没有抬头,只是小声问,他们怎么说?我说,他们让我问你。

妈妈抬起头说,好啊,我考虑好再告诉你。我心里欢快得像蹦起一只鹿。

接下来几天,我经常在院子里玩。其中一家住户有个小男孩,跟小满一般大。我们在地上玩了两次五子棋,他就跟我熟悉了。晚上吃了晚饭,他还叫我去玩捉迷藏。他吸着鼻涕,靠在墙上数数。我本想跑到车棚里,但是车棚走不进人。我只好跑到对面的砖房旁。这间房子破败没有人住,窗户也没有,木门上挂着一把旧锁。刚好又没有月亮,我蹲到背阴处。

男孩数完数,到处找我。他找遍了院子,也没有发现。我故意弄出一点动静,他循声走来,靠近时,我猛地跳出黑暗,故意吼了一声。他顿时趴倒在地,哇哇哭了。我说,没想到你这么胆小。他爬起来,连声说不是、不是的。他说,你不知道吧,这屋里有鬼。

他说夏天的一个晚上,他起夜到院子里,发现屋里有动静。他趴到门缝处,看到有个黑影在里面晃荡。他吓得洒着尿,跑回了屋。我感到好奇。那间砖房只有几步长宽,又在不起眼的院墙角,不可能有人住在那里。往后进出院子时,我总要瞥一眼那处砖房。

后来有一次去商场,我忍不住问了妈妈。她正给我试一件衬衫,她说,地球上这么多人,哪来的鬼。那小孩看来是宠坏了,尽说怪话。

回来路上,一家拉面馆正在转手。椅子、饮水机和旧沙发,都堆在门口。有人已经在挑拣了。妈妈也走过去,挑了一把小木椅。她问了价钱,那个灰心的新疆人,报了个低价。妈妈只花了五元钱,拿走了那把小木椅。

回到院子,她嘱咐我穿上那套衣服。我带头跑进屋,换好时,妈妈已经坐下来择菜了。她手边那把椅子不知去向。

过了两天,趁着吃午饭,我问妈妈考虑得怎么样。她放下筷子,有些疑惑地看着我。我又补充说,住校的事。妈妈去盛了番茄汤,回来后她看着电视说,要不算了吧?我握住筷子,杵着碗底,我委屈得说不出一句话。我小心放下碗,躺到床上。过去的事涌到胸口。想到要看人脸色,处处要小心翼翼,我喉咙哽住了。

妈妈挪过来,问我怎么了?我吸了吸鼻子说,没什么。妈妈笑着说,这么小的人就会生气了。多么狠心的母亲。我越想越生气,就爬到床上去,气着气着就睡着了。

午睡被砸门声打断了,醒过来后,屋里没有人。我打开门,眼前立着的只是一个人架子,要不是有人扶着,他可能早瘫在地上。我叫了一声爸爸,将他们让进屋。那位同事站了一会，骑摩托离开了。

我倒了碗水递给爸爸。他像个快要渴死的人，大口大口地喝了一整碗。喝完了，他不忘将碗倒扣，眼睛迷糊着说，朋友们，我先干了。我捂着嘴笑。他大概是看到了，紧紧抓住我的手腕。他舔着干嘴唇说，你是不是觉得我醉了。我摇摇头，想再去接水。他仍不放手。你说是不是？他又问。我只好点头。爸爸抿着嘴，从鼻孔里哼出酒气。他说，我是醉了，但我比没醉的时候更加清醒。

他苍白的脸上泛出红晕，他摸着我的头问，你能理解问题的所在吗？他说，我一个好好的语文老师，现在却教了音乐。你能理解吗？我摇摇头。他笑了一声说，策那，这石榴树上结樱桃的事还少吗？这不是个人所能造成的。人们渴求的美好，在将来会成为人们的噩梦。他搂着我小声说，旧的秩序已经倒塌，新的规范还远没有到来。这是时代发生了错位。爸爸郑重地思索出了一个结论：一切问题的症结，在于"过于理性，过于理性啊"。

我没有听懂，只是嘟囔说，那妈妈的问题在哪里呢？我望着家具堆满的房间。爸爸在脑门上摸一把，使劲儿一挥手说，这些乱七八糟的迟早要扔掉。我小声说，还不止这些呢。爸爸摁住我肩膀问，你说什么？那些不断涌来的想法变得忽明忽暗。明与暗之间，那根连接我和母亲的纽带在变细。我仿佛站在浮冰之上。我提高了声量说，还不止这些呢？我走到电视旁，从她的包里拿出钥匙串。这是一种背叛,还是报复?

来到院子里,我走到砖房旁。爸爸有些醒酒了。他朝门缝里看,只那么几秒钟,他的脖颈涨红,手背上鼓出了几条青筋。他着急地要打开锁,但有些忙乱,一时捅不进锁芯。磨蹭了几次,锁把弹开了。

爸爸小心推开门,屋里的景象震惊了我们:从地面到房顶,堆满了捡来的旧木桌和椅凳。一块涂了黑漆的木板贴在墙上,旁边是不知何时买的油漆和一箱粉笔。爸爸仿佛看到了可怕的事物,他走进去,在杂物里翻找着。一张服装店开业的海报,反面,用黑漆写着"幼儿园"的字样。

她是疯掉了吗?爸爸自语道。他气急地朝杂物堆踹了一脚。凳椅哗啦啦倒塌下来。杂物腾起一片灰尘,我吓得退到门外。喘息未定,灰尘里扔出一张凳子。紧接着,椅子、小桌子和纸箱也扔了出来。声响惊动了院子里的人,房东也从二楼打开了窗户。

妈妈打开水回来时,爸爸差不多清空了半间屋子。她震惊地站了一会,在一个瞬间猛地摔下水壶,闯进了人群。爸爸还要往外扔,她张开双臂,拦在门口。爸爸就像困在牢笼里发狂的野兽,灰土中,他操起一块掉落的木板,在屋里劈砍。院子里飘出刺鼻的油漆味。

爸爸在里面待不下去了,但妈妈仍堵在那里。他退后两步,用尽全身的力撞出来。妈妈跌出了两米远。爸爸透了口气,又回屋抱出粉笔箱,悉数倒在地上。妈妈像是放弃了,她没有爬起来,只是不停说,这下好了,这下好了。

清空了屋子,爸爸累坏了。他趴到水池边往脸上泼水,后来他索性接了一盆水倒在身上。这时妈妈正从地上爬起来,几个邻居来扶,都被她用力推开了。她似乎想明白了什么。她摇摇晃晃地经过爸爸身边,径直走到我跟前。我想往后退,但已经来不及了。她扬起手,重重打在我的脸上。我眼前白晃晃的,耳朵嗡嗡乱响。那些淤积的愤懑像找到了一处缺口,我想到在舅舅家的种种冷落,我陷入这样的境地,完全因为眼前的这个人。我朝她大喊道:你要是没有生我该多好!

她受了惊吓似的看着我,眼神木然,脸上失去了血色。她软塌塌地往后退了几步,退到铁门处,蹲在地上,双手捧住了脸。

我哭着跑回了屋。爸爸身上凉快了也回来了。他嗫嚅着,爬上了床。他穿着鞋,靠在枕头上睡着了。我哭累了,也就到床边打起了盹。

醒来时,屋里光线暗淡。我坐在床边,隔着敞开的门,看院子里的杂物。过了一会,爸爸也醒过来,他打开电视,找了几个频道。这时我们才发觉,妈妈不在屋里。

我跟爸爸去院子里打听,有邻居说,下午妈妈出了门,往东去了。我们走出院门,在石子路上小跑着四处探望,穿过一片农贸市场,不远处就是高速了。我们站在路边,不知该往哪里。坐在路旁石凳上，爸爸说没事，她很可能去商场买什么东西了。我想着心思，不自觉哽咽了。

我问爸爸，妈妈为什么一心要办幼儿园呢？爸爸看着路边的汽车说，对有些人而言，他们看不到事物的意义。她执着的，除了那是一个希望以外，别的什么也不是。我低着头，看脚下的蚂蚁。爸爸摸着我的头说，看来你舅舅和舅妈，也没能教你什么。我突然抬头说，妈妈会不会回舅舅家了？

我们走进附近一家商店，在柜台上打了电话。嘟了一阵子，那头有人说话。爸爸清清喉咙，问了声好。舅妈说，你好，大姐没在旁边啊。爸爸的脸冷下来，他看了我一眼，说她做饭正忙着。舅妈打开了话匣子，还问我的情况。爸爸敷衍几句，终于挂了电话。爸爸拍响额头说，啊呀，糊涂了，就算下午回去，现在也到不了啊。

我们回到屋里，房东正在院子里收拾，她将我们让到她家里。饭桌上的菜碟还没有拿走。她嘱咐我们吃一些。她告诉爸爸，那间砖房是她租给妈妈的，一个月三百元。起初她问要做什么，妈妈没有说，给了钥匙她也不好再过问。我以为你知道呢。她看着爸爸。爸爸只是摇头。

第二天吃了早饭，爸爸拿着电话簿出了门。我跟着他来到附近的商店。他给熟悉的人都打去电话。情况并不乐观，没有一点可靠的音讯。等到中午，爸爸只好报了警。下午一位民警来调查情况，他记下通联后，让我们等待消息。

又等了一天,仍然没有任何音讯。傍晚爸爸正给我做饭,房东急匆匆地跑来,拉住爸爸的手说,她去菜场买菜,听路边卖鱼的人讲,他昨天打鱼,远远看到河边站着一个人,站了许久。不知道什么情况,后来那个人就不见了。

爸爸赶紧解开围裙,带着我,往河边跑。穿过一大片稻田,盐河上飘来低沉的船鸣。我们沿着河道往下游寻找。走过几处田埂,到了河湾处,芦苇茂盛。我闻到一股腐臭味,我害怕地望向爸爸,他拨开一丛丛芦苇,浅滩上飘着一件裙子。爸爸扑上前捞起来,裙子早已破烂,布面上寄生了藻类。周边的腐臭味更加浓烈,我感到恶心。爸爸拉住我的手,又推倒一片芦苇,漂在眼前的是一具野狗的尸骸。

爸爸拉着我往回走。我甩着脚踝上的水,走得跌跌撞撞,旁边的盐河,像是地底下一个巨大怪物的眼睛奇怪地眨动着。

回来后,爸爸给我盛了碗面,自己点了根烟,躺到床上。烟灰落到绣花枕巾上,他也不去掸。往肚子里填了半碗面,我心里踏实了一些。我给他也盛了一碗。他搓捻着烟头说,算了,算了……

临睡前,我留了一条门缝。夜里,我被尿憋醒了。坐起来后,我看到门外昏暗的光里,有个身影在看着我。我推开门,月色落在院子里,那个身影颤巍巍的,似乎一阵风就能带走。母亲回来了？我揉着眼睛，睡意还没有消散。迷糊中，她仿佛说了一句话，像在跟我道别。我想哭，又觉得眼前的事并不真实。我站在原地看着：它走出了光影，渐渐消失在夜色里。

母 亲

"我熟悉黑暗！"/不过是说我刚刚/熟悉一小段山路/和那几块溪间卵石。

——吕德安

黄昏过后，屋里先暗了下来。站在玻璃门前，能看清河边的几座农房，远处的一大片麦田就看不分明了。再往南一点，马路上的汽车都打开了灯。站在高处的原因，那些灯光连成一片，好似一条小小的河。

回到客厅里，阿联正在看电视。我问几点了。阿联说，他们肯定堵在高速上了。我说，堵也不会堵这么久。往常从苏北回来，顶多五个小时。我坐下来陪她看纪录片。约莫六点钟，我手机响了。拿过手机，那一头响起催促声：下来，快点下来！

语气像在命令，又像在斥责谁。我说了声好，就去穿鞋子。阿联关掉电视说，她每次都这么着急。她容易焦虑。我说。出门时，我又觉得催促中有股奇怪的感觉。说是忿恨也不为过。但是我不想跟阿联说。

急匆匆下了楼。爸爸站在车边，妈妈正从后备厢里往外拖口袋。我跑过去帮忙。妈妈抱着一只南瓜说，要不是我拦着，他们能塞上一车。我去翻口袋，里面满满装着土豆、洋葱、干豆角和玉米。这么沉。我抱上一包说。母亲小声说，他们就是假客气。我没有说话。我在为老家的事生气。前两天母亲给我打电话说，两年没回去，屋里住了几家人进去。

搬好了蔬菜，我去取后座上的行李。搬下一个大的，还有一个小的。我说怎么这么多东西。爸爸站在一旁笑。我瞥了他一眼，又伸手去搬。这次我没摸到包，而是摸到了一个人。那人紧紧抓住了我的手。我坐进去，发现是奶奶。她那么瘦小，坐在行李里都找不见了。我想要开口说些热切的话，奶奶拉住我说，以后我就住你家，哪儿也不去了。我把奶奶扶出来，同时望向妈妈。妈妈低着头不说话。

搬东西时，母亲才把事情讲清楚。原本奶奶住在大叔叔家，其他几家每月给几百块钱就行。现在大妈妈觉得钱太少，要加倍。其他几个兄弟都不同意，跑去他家吵架。最后奶奶双手揣在怀里说，我不住这儿了，我就住小儿子家。我就不信，有人能把我撵出来。爸爸是个孝顺的人，当天就把奶奶带到苏州来了。

回到屋里，妈妈收拾出一个小房间，把奶奶扶了进去。

屋里有一张我睡过的小床和刚打的木柜。看到奶奶比较满意，我和爸爸都松了口气。我们的房子买在城东。幸运的是在房价大涨的前两年，母亲说服爸爸，贷款买下这套小三室。这个决定让妈妈颇感自信，只是她不知道房价上涨只是她碰到的好运气。

安排好住的地方，我坐在奶奶旁边陪她聊天。奶奶年纪太大了，只喜欢说过去的事。她说了一会过世的爷爷，说了一会雪田里的什么人，最后她看着我说，你还记不记得？你小时候吃饭可真香，大口大口的。邻居们都过来看。我笑着拉住了她的手。

奶奶说的是我住在她身边的那些年。我记忆中，她每天早上都会炒一碗油米饭，再做个玉米粥。那时候我只有十岁，而奶奶将近七十了。她跟爷爷在镇上开了一间杂货店。除了给我烧饭洗衣外，她从不管我。我成天在外面玩，有时到了晚上才回来。那几年，我最害怕放暑假。一到假期，妈妈就会从南方回来。她检查我的试卷和每天的日记。有一个暑假她回来了，穿着一身灰色，手边一只蜕皮的手提箱。我看了好一会才认出来。我的第一反应不是叫她一声，而是羞涩地想躲起来。从她跟奶奶的谈话中，我知道她回来要做什么检查。她没有多说话，也没说要带我回雪田的家里。她问了我学习上的事，我抱出书包递给她。看到我空白的日记本，她粘着口水狠狠往后翻了几页，重重地说了一句：你太让我失望了。

那个时候,我不知道她说的"失望",不只是我的学业,而她要争口气的期望破灭了。想到过去的事,我胸口压了一块石头。我走到阳台上去抽烟。看到马路上依然拥挤的车流,过去的事情一阵阵向我涌来。我记得是一九九四年的一个冬天,我跟几个孩子在河面上玩。坐在凉爽的冰面上,他们从背后用力推我。我滑出去很远,结果双腿掉进了冰窟窿里。我倒不觉得害怕,只是担心回家要挨骂。那个下午,我坐在河边不敢回家。天傍晚了,我一面拧着裤腿,一面往家里走。平日我不按时吃饭,母亲都会责骂我,这次她肯定要打我了。我小心站在门口,往屋里张望。屋里站满了人,爷爷奶奶和几个叔叔都来了。他们围坐在桌前谈话。我绕开桌子往里屋走。母亲还是看见我了。我等着她的责骂。但是她什么也没说,领着我去换裤子。从衣柜里找出新裤子时,我从衣柜镜子里看到她发红的双眼。我不敢问,小声说,晚上他们要在家里吃饭吗?妈妈抬起头,吸了一下鼻子不说话。我换上棉裤跑到外面,才听清长辈们是在分家族的田地。我家这座院子是祖辈的老宅。爷爷奶奶去镇上开店以后,这个院子就留给了我们最小的一家。奶奶摆出几个碗说,拢共五亩地,你们兄弟四个一人一亩两分地。剩下的两分,留给我和你们老爹种种菜。桌上的人都点头同意。

就这么散去了。妈妈也去忙着做饭。过了一会,有一群孩子跑到我家门口喊,夏家的大婶婶在喝农药,大家都去看呀。妈妈忙跑出来,带着我去大叔叔家。我看到伙伴们很开心,也跟他们搂在一起大喊着,喝农药啦,喝农药啦。一路跑到大叔叔家,院门外围了很多人。爸爸和几个叔叔也在里面。我拨开人的腿往里走,大婶婶趴在地上,举着棕色的瓶子嚎啕大哭。孩子们看到大人在哭,也不喊了。妈妈问了一声,为了什么事啊。大婶婶坐起来带着哭腔说,这个老宅是祖上,你们兄弟分家,这个老宅也应该分了。妈妈想要解释,大婶婶哭声更大了。

爸爸站在一旁,握着拳头嘴唇抿得发白。旁边的叔叔们都低着头。见他们都不吭声,爸爸拉着我和妈妈回家了。回到家,爸爸把事情经过讲了一遍:下午分家之后,几个婶婶都不满意。有说我家屋后的树林没有分,有说爸爸读了几年书,花了那么多钱,理应少分一点。最后商量下来,都觉得这块老宅不应该我家独占。听到这里,母亲脸色阴沉了。她从耳房里拿出一把铁叉,支在院子里。

晚上八点来钟,有人来敲门。几个叔叔和他们的小孩都来了。刚开始大叔叔领头的一家,还有理有据地谈了一些问题,到后来便各说各的,十多年前的事都提了出来。爸爸说了几个办法,都被婶婶们否决了。孩子们在屋里闹,大人们各不退让吵成一团。到了十点多钟,事情仍没有进展。母亲走到院子里,大家都看着她。她扶着那把铁叉,朝院子外画了一个弧说,这一块地方你们想也别想了。我们一亩多的地,你们几家分了吧。

叔叔婶婶们都不说话了。安静了一会,大叔叔闷声说了一句,要立字据。其他人也说,对对,要立字据的。

事情就这么定了下来。我家除了一小片树林和门前的菜地,没有其他田地了。那是九十年代初期,农村家庭没有土地,吃饭都成了问题。母亲卖掉了屋后的树,种上香椿树和一小片红薯。蔬菜瓜果菜园里有的,但是米粮就要靠爸爸的工资去镇上买了。那时爸爸在乡镇小学教书,没有编制只是合同工,一个月薪水两百块,勉强够家里生活。在这样的环境下,家里花费都小心翼翼的。

虽然爸爸的工资不高,但家里有一份固定收入,跟纯粹的庄稼人还是有点不同。再加上妈妈经常赶集去镇上卖菜。几年下来,家里吃喝穿戴都过得去。只是过上一段宽松日子到了年关,母亲就会有些紧张。

不过有一年是例外。那时我刚上小学的一个冬天。清晨,我举着竹竿打屋檐下的冰凌,二叔叔笑盈盈地走进了院子。进屋后,他歪一下身子,卸下肩上的口袋。听到那噔的一声,我心里踏实了一下。二叔叔解开麻绳,双手捧出一把大米。那可是白花花的带着光泽的米粒!二叔叔果然是给我家送米来了。

迎进屋里,爸爸递烟给二叔叔,并嘱咐妈妈去厨房烧水。我趴在桌子上嬉笑着看二叔叔。二叔叔吸着烟,说他跟人合伙在镇上开面粉厂,门面房租好了,昨天去县里也看过机械了。爸爸为他高兴说,二哥这是好事情啊。二叔叔咽下口水说，机械贵了一点。爸爸听懂了他的话，往椅背上靠了靠。妈妈来倒水时，爸爸在她耳边说了句话。妈妈有些疑惑。爸爸低声说，你快去。

妈妈回屋拿着纸包走出来。二叔叔并不去接，而是低着头说，你知道你二嫂这个人。这座宅子我当时就表态，一定要留给你这个最小的兄弟。爸爸拿过纸包捏了捏说，过去事就别提了。这点钱你拿去救急。二叔叔伸手拿了过去。也不打开看。连着纸包一起揣起了口袋。爸爸说，你点点。二叔叔站起来摆摆手说，我兄弟，我还不相信吗？

借到了钱，不出一个月，面粉厂热闹地办了起来。往后家里磨面扎玉米就有了去处。有一回我跟着母亲去磨面粉，看到一处高大的铁棚子，里面的工人都戴着口罩，身上沾满了白面。二叔叔帮我们装好了口袋，母亲执意要给钱，好似生怕二叔叔不认我们这个亲戚一样。

受到二叔叔办厂的启发，妈妈在院子里看来看去，最后决定去镇上打了一个电话。她给住在米谷的弟弟打了电话。我高兴地在一旁喊，让我跟舅舅说两句，让我跟舅舅说两句。但是妈妈并不理我。她郑重地跟舅舅打听情况。舅舅靠打鱼为生，他认识很多搞养殖的人。妈妈托他买一些鸽子。舅舅说，这个好办的。妈妈又说，手里有点紧。舅舅说，没关系的，可以先打欠条。等鸽子卖了再补上。母亲双手握住话筒说，这样再好不过了。

回到家里，妈妈在屋顶砌了一间鸽棚。搭好木架，妈妈又在木门前系上硕大的塑料网。除此以后,她去镇上买了几口袋饲料和一些塑料盆。过了几天,一辆拖拉机突突突地开到家里。舅舅从车斗跳下来,他身后是三十多只铁笼子。笼子里装着灰扑扑的鸽子。

当天晚上,妈妈就安顿好这些鸽子。它们一对一对趴在草窝里,咕噜咕噜地发出声响。为了给鸽棚保温,妈妈连夜买了三打一百瓦的灯泡,挨个用布包住塞进草窝里。

忙完这些,妈妈花去了家里所有的积蓄。好在鸽子们安全地度过了冬天。春天里的一个早上,妈妈把我从床上唤醒,说要给我看个小玩意儿。我迷糊着睁开眼睛,看到她手心里捧着两颗小小的紫白色的蛋。我说,鸽子下了蛋,蛋再孵出鸽子,这样就越来越多了。妈妈高兴得抱住了我。

抽了一会烟,阿联喊我去吃饭。饭桌上,爸爸打开了一瓶白酒。奶奶平时爱喝高度酒,她满意地闻了闻酒香。妈妈端菜走过来时,奶奶也让她喝一杯。爸爸说奶奶来了,喝一杯庆祝一下。但是妈妈摆手说,不喝不喝。我从来不碰这东西。妈妈这么说,我们都有些扫兴。她的拒绝,总有一种不正常的情绪在里面。

跟奶奶在一起,我和爸爸很有兴致。喝了小半瓶,奶奶脸颊上泛出了红晕。她拉住我的手,说过去事情。过了一会,她又把这件事说了一遍。不知喝了多久,久不说话的妈妈抬起头问,奶奶的生辰是何时啊?奶奶借着酒劲,竖起大拇哥说，我属猪的。农历十月二十九。爸爸晃了晃脑袋说，问这个干什么。妈妈数了数指头说，那也快了。阿联翻了翻手机说，阳历要下个月。二十六号。奶奶醒悟过来一样说，哦，是吗？那我正好八十四了。奶奶夹着菜笑着说，七十三八十四，阎王不叫自己去。我们都苦笑着。妈妈说，要不这样吧，我们给你奶奶办个生日宴。喜庆喜庆。奶奶摇摇头说，都是整岁办，哪有这么过生日的。妈妈说，就请家里人过来。我们请客。不叫外人，也不收礼钱。爸爸也表示同意。奶奶还是不愿意。她说，他们都在老家，跑这么远，图一个什么？妈妈说，现在谁家没有车啊。三辆车足够了。奶奶喝了一杯酒说，那也行。就是太麻烦了。

第二天吃了早午饭，阿联开车带我回上海。大概是喝酒的缘故，饭桌上说的话，我有些记不清楚了。我靠在椅背上听广播。听完一首德永英明的曲子，玻璃窗上扑簌簌打下雨点来。阿联要打开雨刷，又犹豫了。天上分明有个太阳。雨水把车身砸的哗哗响，像是有人在车顶洒了一把螺丝。阿联减速后说：这雨真是怪。

这是太阳雨吧，我说，过一会就停了。

听说下太阳雨时，容易看到彩虹。阿联说。

我往四面看去，路面上雨雾蒙蒙，远处很光亮。我说，出不出彩虹不知道，但是在我们家乡人们认为，下太阳雨是一种吉兆。不知怎么的，我开始迷信起来。我记得小时候下太阳雨并不稀奇。有时淋了一会雨,走到另一条路上地面又是干的。有时晚上回到家里,说起下午那场雨真够大的。听的人摸着脑门说,我晒一天被子,什么时候下的雨啊?我印象深刻的是那年夏天,我们赶集回来碰上的那场太阳雨。雨水并不大的,但是裹在风里,周围一下子凉爽了。母亲带着我躲到一棵榆树底下。她提着一袋镇上买来的油菜籽。她说鸽子吃了这些,羽毛会更加丰满。

回到家里,我捧着油菜籽上了楼。我朝鸽圈里撒了一把,一群鸽子迈着爪子笨拙地挪过来。只有一只缩在原地。妈妈上楼时,我指着那只鸽子。妈妈走进去,拿起鸽子,脸色暗沉了。我跑过去,发现它硬邦邦的,尾巴上粘着黄色的粪便。跑进窝棚里,有三只鸽子蹲在木栏上眼睛浑浊。母亲觉得鸽子生病是换季温差大导致的。她关掉了窝里的灯泡,铺上一层新的干草。过了两天,情况有所好转,那三只病鸽开始吃饲料了。

后来的一天傍晚,我们去鸽棚喂食。一对鸽子垂头趴在草窝里,更糟糕的是它们身子底下发出恶臭。妈妈拨开它们,才发现两只刚长毛的雏鸽已经生了虫。再去查看其他的草窝,情况不容乐观。有一些不动弹了。有一些活着,但是光滑的皮肤在发黑。那时候母亲才反应过来,根本不是气候的问题,而是瘟疫袭击了这里。先前的预兆,都被她忽视了。

一切都来不及了。母亲买药水找兽医的速度,远没有鸽子病死的快。妈妈喷了两天的药水根本无济于事。暑假里的清晨，我醒来后发现母亲不在屋里。我赤脚爬到楼上去，走进十米长的鸽棚。地面上落满了鸽子，到处是刺鼻的消毒水气味，我踩在一层厚厚的柔软的鸽子尸体上，不敢哭也不敢出声。我看到母亲坐在一堆饲料里，怀抱一只硕大的洒水壶。

　　过了很久，母亲从鸽棚里走出来。不说什么，只是低头拆塑料网，拆了北面两根柱子，又去拆南面的。不知是哪个疙瘩系得太紧，她怎么也打不开。在着急的时候，她猛地拍几下柱子，身体靠着柱子滑下去。这时窝棚里传出扑腾的声音。母亲抬起头来，一只灰鸽撞着门框落到了地上。它咕咕叫了一声，紧跟着呼啦一声逃命似地往天际飞走了。

　　从那以后，家里的情况急转直下。这一年买鸽子欠下的钱，家里没有能力还上。到了第二年春天，债主带了几个人从米谷赶到了我家。他不说什么，敲开门后就往屋里走。妈妈看着他们搬走家里的黑白电视、凤凰铜钟和两张桌子。他们的意思是，这些东西他们先保存着，等见到钱了再送回来。

　　正月里，我一集《莫克与甜甜》也没有看上。有天晚上，妈妈带我去邻居家看电视。他家的小孩上初中了，不爱看这类动画片。我坐在电视机旁，他一个劲儿地换台。看了半个钟头，我只看到几次莫克的画面。回到空荡荡的家里,我跟妈妈说,我以后不看电视了。妈妈问,怎么了?我说,我不想看了。听到这样的话,妈妈侧过脸去。安静了一会,妈妈拉住我的手说,走,我就不信没有办法。

她领着我走出家门。外面黑漆漆的,我紧紧地跟在她身后。快到镇上时,路边一处纸盒子似的厂房仍亮着灯。那是二叔叔的面粉厂了。我们没有带任何粮食,去面粉厂做什么呢?我心想。进了厂房,找到二叔叔,妈妈说了家里的难处。站在轰隆隆的压面机前,二叔叔不慌不忙地扛起一袋面粉,走进了仓库。等他走回来时,妈妈又重复了刚才的话。二叔叔解下沾满面粉的围裙,摸了摸我的脸。妈妈走上来一步说,二哥,这一次来,我想跟你借一点钱。二叔叔掸了掸手,神情显得心不在焉。他仰头看着面粉厂的屋顶慢悠悠地说,我还想别人借我几个钱呢。

这句话让妈妈愣住了。停顿了一会,妈妈笑了笑说,哦,这样啊。那就算了。她蹲下身子,用袖口擦掉我脸上的面粉。

我跟着她走出了面粉厂。妈妈走得很快。到了漆黑的土路上,我喊了几声她也没有回应。我小跑着跟上她,用力拉住她的手。她的手凉得像一块冰。

靠着菜园里的瓜果度过春天,没有那么难。每到逢集,我跟着母亲就去镇上卖菠菜和莴苣。生意好的时候,还能买一副鸭架子回来。眼看着生活要好起来,六月里的一场大雨,又把我们打回了原形。那个周末,爸爸从学校带回来几本图画书。我躲在被窝里看故事，不愿意睡觉。不知到了几点，外面响起轰隆隆的干雷，大风在院子里乱撞，把面盆、扫把和晾衣架都刮到了地上。紧跟着雨哗哗地落下来。到了后半夜，院子里啪的一声，像是砸下什么东西。接着又是两声。我吓得醒过来，赤脚跳下床。爸爸从西屋跑出来，拉开电灯。院子里那棵梧桐折断了，树冠砸到了房梁上。瓦片正溜溜地往地上落。爸爸带着我去东屋查看，我看到床脚的墙体上裂了一条缝。那条缝从房顶一直延伸到地面。爸爸抱起床上的被子，拉着我去西屋。走到中堂，他自言自语道，关上门，会不会多一些支撑？他看了看外面的大雨，跑回去锁牢西屋的门。

　　战战兢兢地度过了一夜。天一亮，我们穿好衣服去外面查看。院子里乱糟糟的，水池里落了很多断枝。爸爸说，半棵树砸下去，伤到地基不太可能的。墙怎么会裂开呢？妈妈扶起扫把，想起什么似的说，坏了。没等我们开口，她往院外的东墙边跑去。我跟着爸爸跑过去，果然看到东面的地基塌了下去。原来地基旁有条小河。雨水过大时，把地基下的沙石冲进河里。经过这样的连夜雨，家里的房屋转眼成了危房。况且现在是夏天，正是雨水最多的时候，要是不及时修缮，我们的房子只会越来越坏。

　　我们坐在饭桌前，都不说话。爸爸说他下午去找泥瓦匠，把墙缝补起来。妈妈说，那只能防止渗水，不能解决根本问题。爸爸自然知道事情的严重。要是修整房子，要拆掉东屋，填好地基后，再重新加盖。这么算下来，可不是一笔小数目。饭桌上，他们一致觉得，大叔叔和二叔叔指望不上了。三叔叔或许还有希望。爸爸说，三叔叔经常去山东卖瓦，攒了一些钱。而且他的小儿子还跟爸爸去学校读过一年书。

当天上午，我们都去了三叔叔家。三叔叔家也不乐观。一夜的风雨刮倒了畜栏的挡板，鸡鸭和母猪都在院子里乱跑。我们一家人跟着去忙活。撵了好一阵子，十多只家禽才回到圈里。三叔叔抹了抹头上的汗说，今天中午，我们杀只公鸡吧。说着从圈里提上一只鸡，割了一刀扔到地上。公鸡歪歪扭扭走了两步，倒头摔在地上。他接了一盆热水准备给鸡褪毛。我抱起公鸡递给他。三叔叔倒提着公鸡投进去。可是这是公鸡猛地醒过来，扑扇着翅膀跑远了。三叔叔绕着院子追了两圈才抓到它。三妈妈说，人家是猫捉老鼠，你这是人拿鸡。屋里的人笑得合不拢嘴。

看到气氛这么热烈，妈妈踢了一下爸爸的腿。爸爸接过公鸡，边摁在热水里浸着，边说起家里的难处。他绕了一大圈，才说到修房子的事。三叔叔点头听着。三妈妈拍拍腿说，我去菜园里掐几个辣椒。说着就往外面走了。看到三妈妈走了，三叔叔擦了擦手说，好兄弟，这个事我做不了主。我先帮你们问问。

三妈妈出门后很久没见踪影，等饭菜端上桌，她才慢悠悠地走回来。她身后跟着一个人。走近了我看清是大叔叔。

一顿饭吃得没有一点滋味。看到父母都不动筷子,我也不敢吃多少。三妈妈往我碗里夹菜,我尝了几口就不吃了。大叔叔喝了几口酒终于开口了。他说,你们家的事,三嫂子都跟我说了。我的意思很简单。分家既然把老宅分给你们了,你们自然要好好维护。爸爸端起一杯酒说,是是是,大哥说的是。大叔叔放下酒杯说,但是家家都不容易。我们能帮就尽量帮,帮不了也没办法。三叔叔倏地站起来。他拍了拍爸爸的肩膀说,都是兄弟嘛。你看我家门口还有一车黄沙,盖猪圈时剩下的。你就找车拖去吧。爸爸抿着嘴笑了笑说,不了,不了吧。三妈妈揿了三叔叔一眼。三叔叔坐下了,再不提这件事。

草草吃了午饭。爸爸起身准备走了。三妈妈拦住我们,将一碗盛着鸡肉的碗塞到妈妈怀里。

回去路上,妈妈冷不丁地问了一声爸爸,大叔叔家几个儿子?

问这个做什么?爸爸疑惑地看着她。你不是知道嘛。

那三叔叔家几个儿子?妈妈问。

爸爸像被点醒了一样。接着又连着摇头说,不可能,你想的不可能。妈妈站住了,推了一下爸爸的肩膀说,怎么不可能?

妈妈看着爸爸说,他们都有两个儿子,在我们这种地方,没有宅基地得多难。他们就是想看着我们过不下去了,找个借口把老宅夺过去分掉。

怎么可能？你别乱说。爸爸说。

怎么不可能。先前分家的事，你忘了吗？妈妈又推了他一下。她说，他们两家肯定商量过。要不怎么我们刚一说事，大哥他就来了。

不可能。不可能。爸爸认准了。

这就是事实。妈妈说。你教书教多了，觉得人人都是好人。

爸爸不说话了。走过石桥，爸爸喃喃自语，总有办法的。他停下了脚步。我和妈妈都期待地看着他。他说，要不这样？我们攒一点钱买一些水泥，再攒一点钱买一些石头子。这样下去，总有一天能把房子修好。

爸爸是这么说的，也是这么做的。往后的半年时间里，我们简衣缩食，用节省下来的钱买了两车黄沙。到了夏天，我们又从镇上买了十几袋水泥。这些建筑材料都堆在院子里。有时玩捉迷藏，我就躲在水泥袋后面，伙伴们很难找到我。只有小毛毛知道我喜欢藏在那里，因为他随身带着一只黄狗。那只黄狗熟悉我身上的气味。

有一回又轮到小毛毛找我们，我和几个孩子躲进屋后的树林。小毛毛带着狗到处找，也没有发现我们。在大树背后躲久了，我用树枝挖地上的蚯蚓。挖了好几条，近处传来窸窣的响动，我以为小毛毛找来了。我欠身看了一眼，四周没有人，等我在把注意力集中在房子那里时，只听轰的一声,眼前腾起一阵尘雾。房屋的东侧整面塌了下来。树林里两个男孩跳出来,立刻往那里跑去。刚开始我还不明白,尘雾散去后,我看到碎砖头和石块里流出鲜红的血。

两个孩子吓得哭起来。这时妈妈赶了过来。她手里拿着一把镰刀。听到轰隆声时,她可能在菜园子里忙活。她扔下镰刀,跑了过来。她看了看地上的血,又去看两个孩子的脸。没有找到我的,她整个人都慌了。她大喊了一声,身体痉挛了一下。她叫着我的名字,疯狂地去扒地上的墙砖。她把那个不幸的孩子当成了我。她双手捧着砖石,弄得满身的泥灰。我害怕地走了过去。妈妈扒开了一层沙土,摸到一层厚厚的黄色绒毛。她双手颤抖着,停在了半空中。我小声喊了一声,妈妈。她迟疑了一阵,抬起灰突突的脸。她身体扑过来,一把将我搂在怀里。她嘴里重复说着,我以为……我以为……

拖出黄狗,我们又去扒旁边的砖石。里面没有任何迹象。我们跑到院子里,小毛毛正从水泥袋后面爬出来。他焦急地说,房子塌了,你们看到了吗?

这次事故过后,母亲觉得在雪田待不下去了。爸爸的拖延只会让事态更加严重。这一年的六七月份,妈妈从镇上带回的报纸上了解到,南方正在大规模招工。一股热烈的民工潮正在全国悄然兴起。妈妈不顾爸爸的犹豫,认准这是离开雪田的最好时刻。两人僵持了十多天,爸爸终于屈服了。他辞掉了学校的教职,将我领去了奶奶家。他们去南方的那些年里,我就在奶奶的照顾下慢慢长大。

回到上海,母亲的微信就到了。她问我有几个堂哥的联系方式吗?我说有。她回复说,发我。过了一会,她又追加一条:全部发我。我把通讯录里的堂哥,一一发给她。我问了一句,你要干什么?

你别问。她回。

接下去的几天,妈妈没有发来消息。一周后的傍晚,我跟阿联在公园散步,她发来了一段视频。我本想回到家再看。妈妈发来一句:你看看如何?我点开视频,看到一栋灰白的矮房子。我知道这座房子。平时有红白事,当地人都在这座房子里办酒席。视频往里推进,看到两口大铁锅和煤炭堆。进门后,大厅里摆了五六张大圆桌。妈妈在视频里比画着说,我们都包下来。跟着画面转换到一张价目表上。目录中各个价位的酒席都有。妈妈用食指敲了敲带海鲜的那一类,对旁边的管事人说,就这个。结束了视频,我发去信息问,日子订了吗?妈妈回复说,下周你们回来吧?我订在周六。我回过去一个笑脸。

放下手机,我觉得母亲有点大动干戈。没想到阿联在一旁说,她是想让奶奶高兴吧?我看了看她。她低声说,毕竟奶奶照顾你这么多年。我点点头不说话了。想来爸爸那么迅速地接奶奶来南方,也是出于这份愧疚吧。

周六上午,我们早早地起床往家里赶。刚上高速,妈妈的视频又发来了。视频里是一辆黑色别克,两个堂哥正把大叔叔从后座里扶出来。妈妈说,他们凌晨三点就上路了,现在到我们小区了。你们到哪里了?阿联朝我瞪了瞪眼,赶紧踩了一脚油门。

我们赶到家时,门口停了几辆小轿车。车里都没有人。我和阿联走到矮房子那里。三个堂哥正站在一块抽烟。我小跑过去,笑着跟他们打招呼。发了一圈烟,我看到奶奶坐在大厅的长椅上,两边坐着爸爸和几个叔叔。我问妈妈去哪里了?爸爸抬了抬胳膊笑着说,她正在指挥呢。

走进大厅里,妈妈正嘱咐几个小工,怎么摆酒、怎么放碗碟筷子。看到我们来晚了,她脸上略过不快的神色。但是顾及某种体面,她把这股情绪收了起来。她拍着我肩膀说,跟长辈们打招呼了吗?我点了点头。她小心地朝角落里瞥了一眼说,那她们呢。这时我才看到三个婶婶团坐在一起,正嗑着瓜子。我带着阿联去打招呼。

到了入席的时候,我和堂兄们分在一桌。阿联、婶婶们还有几个年轻嫂子待在一起。爸爸和妈妈则陪着奶奶和几个叔叔。刚开始气氛有些冷淡,大家坐在一起,有一句没一句地聊聊天。等倒上了酒,热烈的氛围传播开来。夏家的人大概都是这样,喝了几杯酒,人的精神和情绪都活泛了起来。

过了一会,妈妈嘱咐我去主桌敬酒。我端着酒杯走过去,敬完奶奶,再敬三位叔叔。他们都很高兴,说要连喝三杯。回到座位上,我头有点晕。吃了几口菜,叔叔那一桌传来划拳的声音。三叔叔站起来,而二叔叔一只脚踩在板凳上。他们声音洪亮,似乎要用手指拼出个死活。过了一会,婶婶们那桌不知谁找来了骰子,她们玩着骰子喝起了红酒。堂哥们也在起哄,他们把三个圆桌抬到了一起。这样在三个大圆上,大家可以划拳、玩骰子,还可以玩扑克。等到有人提议拿出钱来玩,大厅里更加嘈杂了。苏北方言里有个词叫作"鸭吵堂",用它来形容这里的场面太贴切了。

又喝了一会,我看旁边的人有重影。我对阿联说,我想回去睡一会。阿联扶着我,出了大厅。回到家,我倒在床上就睡去了。

不知过了多久,我闻到一股橘子味醒了过来。屋里暗沉沉的。我以为谁拉上了窗帘,但是窗户是透明的。原来已经天黑了。阿联戴着耳机在看手机。我欠身问几点了。她放下手里的橘子说,五点多吧。

我推开门走到客厅里。沙发上几个叔叔斜靠着睡在一起,另一边盘腿坐着的婶婶们正在看电视。我去卫生间洗了把脸,爸爸带着几个堂哥回来了。他们说着古镇上的见闻。原来爸爸带他们去古镇上玩了。走出卫生间的门时,我意识到妈妈不见了。我问爸爸,妈妈没有一起去吗?爸爸说,没有看见,不知去哪里了。几个婶婶也转过脸来。

大妈妈说，我也一直没见她。爸爸给她打去电话，短暂的几秒钟，卧室里传出手机铃声。但是手机很快挂断了，卧室里啪地传出一声响。像是某个瓷碗摔下来，又像是重物间的碰撞。爸爸连忙去敲门，里面没有人回应。他敲得更大声，用拳头在门上砸。叔叔们都醒了过来，相互看着。等弄明白眼前的情况，他们都走到爸爸身后。

爸爸找来卧室的钥匙，但是门反锁了。我嘱咐二妈妈关掉电视。我把耳朵靠在门上，隐约听到哭泣声。我蹲下身子，从门缝底下闻到浓烈的酒香。我告诉了爸爸，他脸上泛起疑惑又惊恐的神色。不会出什么事吧？二叔叔说。他的一句话点燃了大家的紧张情绪。大叔叔说，吃饭时还好好的。三妈妈站起来说，要不要报警？

没有人拿得了主意。呆坐了几分钟，爸爸挥手说，撞门吧。他看看我，又看看几个堂哥。大叔叔家的二哥最壮实，他撞门最合适。我们给他让出一条路。他目测着距离一直退到墙角的冰箱旁。就在我们等着二哥冲过去时，卧室门轻巧地打开了。那扇门就像是被风吹开的，而不是人为打开一样。

房间里光线阴暗，母亲的身体深陷在椅子里。我看到她换了一身新的衣服。她低着头，手里握着一瓶白酒。现在那瓶酒只剩下一半了。爸爸轻声叫了一声，她没有回应。等我们准备进门时，妈妈慢慢抬起额头，看了一眼门外。她的眼神里流露出的不是愤怒，而是一种贫乏的空洞之感。

她晃了晃胳膊，酒瓶噔一声落在地上。她嘟囔着，你们……你们……她猛烈地咳嗽了两声说，你们……你们都是恶人。你们有罪。

我们不知道她在说什么。酒精在她身体里起了作用，她脸上红扑扑的，脖子里沁满了汗。她一手扶着头，一手指着门口，嘴里含含糊糊的。说了一会，她才把语言连贯起来。她说，我要感谢你们。我能有今天，都要感谢你们。是你们一步步把我逼成这样的。

这么说着她的眼睛有些湿润了。不知道是酒精的原因，还是因为情绪，她怎么也不能稳住身体。她歪着脑袋看着大叔叔说，大哥，你是家族里的老好人。但在我看来，你是最大的恶人。你想尽办法，把我们的地给分掉。你让大嫂玩的那一出，以为我们都是瞎子吗？喝农药、喝农药。谁看不出来那是个空瓶子。

谁也没有想到。十多年前的事母亲还能想起来。爸爸呵斥道，你说什么醉话。妈妈朝半空中甩了甩手。她看着大叔叔问，大哥，我就想问你。你想占有我们的还不止这些吧？你心里一直有个疙瘩吧？

听她这样说话，大叔叔不想再理她。妈妈没有饶恕他。她说，没有这个疙瘩的话，你也不会在我们最难的时候，去挑拨三哥家。

三叔叔跺了一下脚说，大哥什么时候说过，要占你家的宅基地了？

妈妈低头笑了出来。她说，那三哥我想问你，你家大儿子一家和大哥家的二儿子，这两家现在住在哪里？你们在我家宅基地上盖房子，经过谁的允许了吗？

三妈妈赶忙说，不是家里没地方吗？临时住一下。三妈妈还想解释。妈妈从怀里掏出手机说，黄小平，黄主任，你们都知道吧。三妈妈瞪大了眼睛，脸上掠过恐惧的神色。妈妈又说，今年六月，村里各家各户要办理宅基证。有两张一千块的购物卡，他没敢收。想来想去，还是给我们打了电话。妈妈呼着酒气小声问道，这两张购物卡，是你们的吧？

胡说八道，胡说八道。大妈妈说。三妈妈也这样说。可是她们提高声调的底气都没有了。二妈妈出来打圆场说，都是过去的事了。

看到二妈妈走出来。妈妈望向了二叔叔。妈妈声音沙哑地说，二哥，我就实话实说吧。年初你女儿做手术，你跟我们借钱。我们没借，这是我的主意。现在你也尝到人情凉薄的滋味了吧。

妈妈从椅子上站起来，脚下晃悠。她伸出颤抖的手指说，当初最困难的时候，我们还在帮你。可你怎么对我们的。你恨不得把我们踩到脚底下啊。我们那时多困难，最后喂大了一头白眼狼。人在做，天在看。我们不信神，不信鬼。但是人心摆在那里。二哥，你是一个没有心的人。

妈妈闭上眼睛，痛苦的神情拧到了一处。她拾起地上的酒瓶,朝喉咙里灌了下去。

等我和爸爸上去劝时,她的身体像是酒精麻痹的死物,整个人摔倒在地。爸爸将她扶到床上。看到她喘着酒气,我们都放心了。阿联坐在床边照顾她。爸爸走到门外说,她说胡话,她说胡话呢。叔叔婶婶们脸上铁青,都没有说话。

爸爸带他们去住旅馆后,我走到奶奶的房间。她坐在床上,静静地听着。我说,妈妈睡下了。奶奶说,这也是好事。我问为什么。奶奶却不说话了。

第二天,我担心亲戚们走得早,七点钟就起床了。走到客厅里,我看到母亲正在厨房里下面条。她的手机轻声播放着邓丽君的歌声。听到那句"夜来香,我为你歌唱",母亲小声跟着唱起来。我揉了揉她的肩膀,问她头疼不疼?她笑着看我说,没事,没事了。她脸上有着深深的倦容,但是身体里仿佛有一股力量支撑着,举手投足间充满了活力。

你给亲戚们打电话,让他们来吃早饭。她用长筷子挑起面条说。我准备掏出手机,卧室里传出爸爸的声音。他在被窝里说道,他们六点就走了,说是怕回去路上堵。

妈妈拿出几只瓷碗,朝那边喊了一声,那我们自己吃吧。

磨蹭了很久,爸爸才起床。我把奶奶搀到桌上。阿联也洗好了脸。

我们坐在一起,看着妈妈把碗一只只送到我们面前。妈妈手机里的音乐仍没有停。这会放到了那首《甜蜜蜜》。爸爸说,还要几双筷子。妈妈跟着音乐,双脚滑出去几步,身体随着那句"甜蜜蜜,你笑得甜蜜蜜"转了一圈。她捂着嘴往厨房走了过去。

我看着她的背影,突然害怕起她来。

良 宵

他住在小商品市场附近的一幢旧楼里,每月九百元。在三十号的那一周里,他走进一楼正当中的房间,把扎好橡皮筋的房租递给房东。房东填好账本,撕掉复写纸底下的一页。"拿去吧,大学生。"她声音温和。见到不同的人,她会用不同的口气。韩姐缩回沙发,打毛衣看电视,电视里通常在播中东的战争。他们总是打来打去的。他想。

周二晚上和周六下午,他坐公交车去培训机构代课。除去百分之二十的中介费,他一个小时能赚五十元,再加上实验室不定期的经费,足够每个月的开销。如果每顿吃得素一点,到月底,他能攒出两张电影票的钱。他二十五岁了,他不能想象,一个人十八岁就独立的样子。

这栋楼有六层,在一条拥挤的小街上。每一层六七户人家,他们大多是来城里打工的,也有一些做生意的小商贩。对这些邻居,他没有什么说得上来的不满。他住在六楼拐角处。房间不大,视野倒是开阔。他能看到远边寺庙里冒出的尖塔。"这一间铺了地板,带窗户,多收你一百。"韩姐领他进屋时说。"能不能少一点?"看完房间,他问。人们通常会这样问。韩姐剜了他一眼,随手关掉灯,上了锁,掉头走下楼梯。噔噔声清脆响亮。他追到一楼,当即付了押金,再不敢提降价的事。

每天从他起床、简单洗漱,走到新校区食堂需要三十五分钟。考研那一阵子,他对这段路有过一点感情。那时,他刚刚搬到市区的南边。他制订了严格的学习计划,他是那种制订计划就能完成的人。在摆开的棋盘上,他宁愿做一枚小兵,在有限的空间里,不紧不慢,却义无反顾地走向终点。

他没有什么朋友。有几个晚上,他在出租房无事可做。他盯着手机屏幕,期待进来短信或一通电话。偶尔铃声会响起,房产中介打来的。他走到窗前,带着一点冒险精神,把声音调成免提,他只须应付几声,通话便能持续半个小时。"嗯,好的,我考虑一下。"说完,他挂了电话。这个时候,他会想到氦原子,氦排在元素周期表的最边上。它和所有元素一样,拥有复杂的原子核和电子层。但是它不能与任何物质发生反应。大气层形成时,它就混合在空气中。数十亿年过去了,氦还是氦,没任何含氦的化合物。

他把性的需求缩减到每周二十分钟。通常在临睡前,这样负罪感涌上来时,他可以倒头睡去。他并不是对做爱一无所知,多年的寝室生活,让他知道何时用到手指和唾液。对他而言,性的问题,跟他的实验一样,充满理论,却从没在工厂试验过。他在网上找到一个比喻：就像游泳。他抱着枕头，把床当成游泳池。他一直没有学会蛙泳，每次真的下水，他都呛得死去活来。他的双脚总张不开合适的角度。此后，看到电线杆上治疗性病的广告时，他会不停地掐手心的肉。他害怕那一刻来临时，将成为他一生的耻辱。

这半年来，他每天待在实验室的时间超过八个小时。实验室在化学楼一层过道的尽头。他像车间里打卡的工人，按时上班、下班。他推开门时，实验室里有一股股强烈的芬芳。他推开窗户，取下实验台上发黑的桃子，换上两颗新鲜的。他每周采购一次，通常是时令的水果，到了冬天，只有苹果可挑。这些水果可以吸毒。

到了下午三点，他要清空电解槽，经过萃取和过滤，得到三十毫升的化合物，实验室里弥漫的香味就来自于它。冷却后，他去仪器室排队，等待测量数据。走在阴暗的走廊，望着试剂瓶里草黄色液体，他问自己，为什么这么迷人的东西会带剧毒呢？

周五的晚上，他撕下床头"今年目标"的便签，在下面添上一行：增加交际。写完后，他在屋里转了一圈，觉得过于笼统。他又加了备注：读书会，社团也行。第二天，测完数据后。他在食堂门口，看到一拨人手拿表格，站在一块广告布前。他看清布上印刷的卡通棋子。初中那几年，他经常爬上平房顶,摆开棋局,跳一格马,再挪到对方的位置,故意磕响棋盘,琢磨了几个招数后,才推上一步车。不出所料,拿表格的学生拦住了他。他故意退后一步问,要干什么?对方说,招新人,填表格吗?他领了一张表格,上下扫了个来回。表格的末尾处分出两栏:象棋、国际象棋。他在分隔线上落了几个黑点,他想到昨晚撕下便签时情绪的波动。如果他做出改变,再彻底一些又有什么关系。他在国际象棋后面狠狠打了钩。为了这个大胆的决定,他耳根发红,后脊出了微汗。

  一周后的新生大会,他提前五分钟到了。象棋社的活动很简单。课桌上摆了二十张棋盘,各自选择对手,坐下后,整间教室只听见落子声和发音不标准的"Check"。几次对弈,他对面坐的都是男学生。他连输两局,他的对手冲他点点头,转战前排。高手通常云集在那里。对面空出了位置,他学起了初中时的把戏,他没有坐到对面,只是在大脑里交换思考。他摆开棋局,移了两格白方的兵,伸手去抓黑棋时,另一只手抢在他前面,也推进了两格兵。兵与兵相对,却不能产生交集,这大概是棋盘上最叫人沮丧的。她坐下后,胳膊连同身子缩进座位里,好似在抱歉落下的那步棋。他埋下头,模仿先前的对手,这样他就不会因撞到她的眼睛而血管偾张。开局后,她占了上风,他做出防守的姿态。趁她在思考时,他偷偷看她。她剪了短发,一手捧住下巴,舌尖在牙齿和下嘴唇之间左右游动。

她举起象闯入他的领地,她微笑着,露出好看的小虎牙。他移动几枚棋子,不费多大力气,便将她的皇后逼到墙角。她憋进一口气,双手捂住耳朵。他举起棋子,又放下。如果吃掉黑棋的皇后,她会不会也将从眼前消失?

他输掉了那一局。不管是丢弃车马,还是让出国王,他没有露出任何马脚。她轻轻地拍手,没有发出声响。这大概是她第一次赢。休息时间里,他们站起来,走到窗边。

"你看起来,傻头傻脑。"她说,她的评价准确而残酷。"你不像是大学生。"她转移话题,为刚才的冒失做出让步。

"平时在实验室里。"他说。

"化学楼?"她问。他期待她说下去。"那里烧过一场大火。"他想到火不过是颗粒与气体的混合物,而火焰只是粒子波动产生的形状。在他建立火焰与化学楼的关系时,他记起有人还站在跟前。

"有过那么一次。"他说。初进校门时,他就听人讲过。

"注意安全。"她说,脸上不失关心的神情。他觉得她把自己归到某一类人里,跟那类人相处,只需要表面上的热情就够了。倘若她的话出于礼貌,那么他也要准守规则。"谢谢,谢谢你。"他说。

回到位置上,他们又下了一盘。这一次是和局。收拾棋子时,他知道她叫李雅,三年级学生,主修物流专业,这个学期还辅修了欧洲文学赏析。

活动结束时,他站在桌子边,手掌蹭着桌面,迟迟没有拿开。李雅头也不抬地跟他道别。他点点头,跟着其他人离开了教室。走到路灯底下,他折了回来,他觉得应该送她走一段路,到图书馆或是宿舍也在情理之中。出门的人不时碰到他的肩膀,他感到一阵艰难,他不知该往哪儿看。李雅走出门时,他低头背过身去,消失在走廊里。

转天傍晚,他上完培训班的课,在学校附近超市下了车。他打算买一双拖鞋。他住的那条街上也有超市,不过那里更贵,款式单调。经过冰淇淋店时,他往里多看了一眼,柜台里灯光昏暗,两名店员在打扫卫生。他加快脚步,担心超市早已打烊。站在货架前,他眼前晃过一个人影,这个人影始终在困扰他。付过钱,他走回那里。李雅提水桶来路边时,他在路边站了十多分钟。她抹了抹围裙,娴熟的动作看似操劳家业的妇女。一天的工作让她精神倦怠。她倒完水后,挥挥手掌。"没事过来帮帮忙。"她说。他想不到她会有另外的生活。在他看来,她只会在寝室涂指甲和上网。

他欣赏一个人的独立性,虽然兼职还不足以养活她,但她做了尝试,尝试在一片海域里划出一座孤岛。

他在电线杆旁等她,她没有拒绝。清洗机器、拖地过程中,她看了他几眼。他知道,她看到的只是一团暗影,他感到一丁点的满足,这微不足道的得意让他产生了小小的虚荣。他担心起这些陌生的心理。

"给你的。"下班后,她拿出身后的塑料袋。袋子里装了冰激凌和爆米花。冰激凌盛在大口径纸杯里。"店里剩下的,"她说,"每天都会剩下。"他道了谢,想着给她买点什么,至少他应该有所表示。他们聊起象棋社,她说她也很久没去了。店里的事情多,她抽不出空闲。不过,她在网上买了一套袖珍象棋。她可以下班或晚自习后,在床上玩一阵子。

他跟她并肩走到寝室楼下,一对男女在报刊栏旁接吻。站住时,他踩在浅台阶上,这样没有人会去留意他的腿。"有空再下盘棋。"他说,这是一路上他头一次主动说话。"明天做实验吗?"她问。他做出一副无奈的神情,有些浮夸,倒是表达了意思。"我想去看看。"她说。"明天就可以。"他答应了,不像是对待严肃的事。

临睡前,他仍保持着那份愉悦的心情。他修剪一番手脚,将指甲装在玻璃瓶里,手指甲、脚趾甲分开装。上初中时,他就养成这样的习惯。那时候,他能背下一整张元素周期表,放学后,他常扒在窗台上,往实验室张望。到了文理分科的当口,他毫不犹豫地选择了理科。在他看来,理科是一个理性世界,就像一张蜘蛛网,他可以看清上面的线条和纹理。而文科是研究人与人之间的复杂关系,情感、权利与过去,那一片幽暗他看不清楚。他的眼前分开两条马路,而他选择了路线清晰、直达目的地的那条。

第二天,李雅没有来。他照旧做着实验,一面等着敲门声。实验开始后,他加错了盐酸,混淆了调节温度和电压的时间,他没犯过这么低级的错误。到了下午,他只好放弃。他倒掉糟糕的浑浊液,趴在桌上不想做任何事。窗户外有人在打乒乓球,球台是水泥砌的,台面上码了几块砖当球网。他听着击球声,给他们计分。数了两盘后,他索性离开了实验室。走到草坪上,他又跑回来,在门上留了张纸条。

往后的三天,他没有一次做完实验。他放弃了周末的计划,沉迷在一部美国怀旧情景剧里。欢乐的氛围中,他能暂时逃避现实中的煎熬。望着数据本里一周的空白,他想起《一千零一夜》里渔夫与魔鬼的故事。他理解了等待对魔鬼的折磨,要是他装在铜瓶里,三百年后,他也会用同样的方法杀死渔夫。眼下,有过的一些美好想象,他不敢再去指望了。要是不能有所遗忘的话,他很快会忿恨起一个无辜的人。这是一段净化过程。

李雅闯进来是两周以后的事。他的实验有了初步进展,他从数据中找到了某种规律,与酸碱度有关,这验证了他当初的设想。经过两天对比实验,他更加深信这一点。推开门看到李雅时,他刚测完最后一组数据。他小心放下烧杯和数据本,内心的慌张开始跃跃欲试了。李雅双手插在裤兜里,做出愧疚的姿势。他不介意,她能来就足够了。过去的半月像一场找不到方向的漂流,现在他终于爬到了岸边。他排开七只烧杯,调好几种试剂。他要表演一场魔术，他故意神神叨叨的。李雅趴在实验台上。烧杯里装满透明液，他加进一滴碱水，溶液倏忽变成丹红色，第二瓶呈橘橙，到了第七瓶，台上呈现七种颜色。还没有完，他往第七瓶里配进溶液，摇晃几次，绛紫色由深变浅，变青、变绿，最终归于透明。李雅倒退两步，捂住了嘴巴。

不错的开始让他充满信心，他去仪器室借了两台高倍显微镜。加入两种溶液、调好倍率后，他对李雅说，看看万花筒吧。两人倾身去看，幽暗中，一根根银针渗析出来，成型后翻倍生长，形成一片雪松林。他换上另一组，白光下结晶出一块冰片，方糖模样，多次累积后，视野中，白茫茫一片雪色，两人好似站在冰川面前。一滴蛋清液落进来，在白底凝成固态的花环。

离开微观世界，李雅扶住桌边站稳，整理着要说的话。他稀松平常地收拾桌上的仪器，好似刚才的景观随处可见。他扶她坐回凳子，她想赞叹几句，却只说出"哇、哇"。

天快黑了，外面打乒乓球的人都散了。他请她去吃点什么，她说只要不是冰激凌就行。去奶茶店的路上，他们的手背相互触碰着，他想抓住那只手，不过他缺乏勇气。

"你知道氦气吗？"他问。

"充气球的，好像。"她说。

"早先科学家用氦气来充飞艇。"他说，"与其他气体相比，氦气飞得最久，也飞得最高。"他意识到在卖弄知识，不过李雅认真在听，"你知道吗？充满氦气的世界里，高楼会拔地而起，飘在空中，梧桐树可以倒着生长。"

她双手交叉着，想象他描述的科幻世界。他揽住她的胳膊，她挨着他更近了。

往后，他们出去了几个晚上。有一个深夜，他们溜进中心公园，公园里路灯灭了，大风在夜云里翻滚。走到人工河的尽头，她倚在梧桐上，要他吻她。他凭空练习两次，走了上去。他怀疑眼前的处境并不真实，楼下的起床声很快就要吵醒他。这种状态持续了十多分钟，他体内升起一股欲望，他清醒地知道体内激素的化学组成，如果两个人的结合是因为那些化学物，那么到底什么才是爱？他一时被这个想法难住了，而此刻他要克服的远不止这些。她褪下短裤，背过身去后，长久的担心，再次占据了他。他调整呼吸，尽了最大的努力。事实上，那件事没有他想象中的困难。

晚风吹来，她打了个寒战。他们默默套上衣服，离开了公园。

寝室楼下，她裹紧衣领，吸了吸鼻子。"再见。"她说，一只手留在身后摆了摆。他没来得及说一句安慰的话，她为什么要急着离开？做爱后不是需要更多抚慰吗？她走进门时，他觉得她像一个受了伤的人。

再次接到李雅的电话，她嗓子低沉而沙哑。他听到冰淇淋店里打泡机的旋转声。她闲聊几句，没有提出其他要求。他去接她,她提前两刻钟下了班。

　　他去便利店买了几袋零食、两片三明治,看到花花绿绿的小盒,他站了两分钟,随手取出一盒。推开玻璃门,投币摇摇车旁的暗处站着一个人,她不住地掏手机,看一眼又装回去,那是他的女友。李雅走到光亮里,脸色因疲倦而泛黄。他决定先不把那件事告诉她。

　　"你累了吧?"他说。

　　"有一点。"她的手搁在口袋里,他相信她还抓着手机。他担心猜忌会让他犹豫不决,他突然说,"在等谁的电话吗?"李雅摇了摇,不光是头,还有肩膀。为什么她心不在焉的?女人那些微妙的心理,男人是不是压根不能理解?他开了小差,连她走下了台阶也没有注意。他追上去,握住她的手。她的手掌冷冰冰的,失去了生命力。手心里的寒意激起了他的欲望,他瞥了一眼塑料袋里的红盒。关上门后,他想立刻进入理想的境地。他希望李雅走快一些,那个充满快乐的地方离得不远了。

　　走进铁门,在阴湿、幽暗的楼道里,他的欲望更加强烈。他凶猛地想要占有一个人。他逼人的气势很快逝去了,李雅不慌不忙地迈上台阶,眼神中没有丝毫反馈。她走路的拖地声开始让他厌烦了。

　　出租房里,他们沉默地吃完了三明治。她把手机搁在膝盖上,不去看周遭的事物,好似这并不是她头一次来,也不是头一次走进某个人的公寓。他抱住她,将头埋进她头发的深处。她没有反抗,他推倒她,亲吻她。他闻到她嘴唇上的烟草味。大概她白天吸了太多烟,那些焦油和烟雾是如何通过她年轻而幼嫩的喉道的?他没见过她吸烟的样子。吸烟和她今晚的表现有所关联,他来不及去思考,胸口垒起的千万块滚石已从山顶飞奔下来。她有权不做出解释,就像他有权不去过问。

她扭过头坐起来,脖颈上冒出一根青筋。她拿起床边的手机。它正一阵阵地闪光。那一声震动毁掉了屋里的一切。"等一下。"她说。没待他做出反应,她走到门外,带上了门。跟那通长久等待的电话比起来,他成了多么可悲的角色。既然电话那么重要,那一头说话的人到底是谁?倘若不是出了人命,还有什么能掩盖事实?他躺在床上,任何的愿望都扑空了。

五分钟后,她走了进来。她走到窗边,背对着他。"一个朋友打来的,"她说,"同学。""没听你说起过,他是谁?"他躺在床上说。"跟我一个县城的,高中在一个班。"她说。他握紧一下拳头,压抑的情欲在难以捕捉的念头里积聚成一股怒气。要是待会他有什么危险的行为,那是他有意做出的惩罚。"你男朋友吧?"他带着讥讽的口气。他想看着她,她始终没有转身。他克制不去想他们交往的过程,那些坏情绪,让他感觉站在臭气熏天的垃圾场。

"他是干什么的?"他问。

"他在南郊印染厂上班,"她说,"他叫吴强。"

"你们分手,也因为这个吧?"他故意戳疼她。他想到工厂放工后,那个名字土气的人穿着拖鞋,对身边人讲低俗的笑话。"你们还有感情吗?"他又说。

"我不想谈这个。"她说。他回忆与李雅相处的细节,寻找那个人在她身上留下的痕迹。她转过头来,坐到床边。他以为她在流泪,她并没有。

"他明天回县城了,想在车站见我一面。"她镇定地说。"随便你。"他否定了。她抓住他的手,"沈舟,你陪我去吧。"

"明天再说吧。"他背过身去。

傍晚稍迟一些,他们到了火车站。李雅打了一通电话,走到大时钟底下。她指着不远处的花坛。吴强坐在瓷砖上,脚上夹着人字拖,边上大塑料包填得满满的,他的模样更像一名进城的民工,而不是工人。"等我一会。"李雅走过去,留他在原地。

他们相距两步远,交谈了几句。对他而言,那个人造成不了任何威胁。如果他放弃打理自己,李雅凭什么对他产生兴趣。他不愿把人分出不同的等级,但此刻的优越感,他不可能回避。他不再有先前的忧虑,李雅不可能回到这个人的怀抱。要是存在某种感情法则,他无疑是一个胜利者。在非洲草原上,他会成为坐拥狮群的王。他望着栏杆内检票的长队,准备悠闲地度过剩下的几分钟。他又看了一眼那个落败的人,吴强正在说笑,李雅也笑得遮住了嘴。他胸口一时拥堵,那不是一个人待久了,自己跟自己较劲,而是你精心设计的那套规则,那个人完全不在其列。他想走过去叫回李雅,他同时也知道,一旦迈出步子,自己也输掉了。他只好数着路上的大众车,不去承担过多沉重的念头。

跑过七辆大众,他们总算说完了话。李雅站在原地目送他。吴强很快汇入检票的人流,他朝李雅挥手,又一侧身,微笑着面向他。他无处躲闪,后脊上升起寒气,他站得笔挺,僵硬地点点头。自始至终,吴强的眼神里没有露出过敌意。

李雅走过来后,时间过了七点。回去的车没有了,附近的旅店贵得离谱。他盘算着打车的费用,相比住店要划算很多。李雅拦住了他,他准备把计算好的数字告诉她。"去网吧,"她说,"开两台机子。"那个数字一下变成了两位数。

拿着身份证站在吧台旁,他想到她和吴强没有突破底线前,是不是也这样度过一个又一个夜晚?

他们紧靠着坐在隔间的电脑前。他看了两部西部片,趴在键盘上睡着了。凌晨两点,沉闷的呜咽声吵醒他。李雅埋着头,肩膀哆嗦。他没有感到意外,只想尽快解决这件烦心事,他困得睁不开眼。他推开身旁的窗户,深吸外面清冷潮湿的空气。屋里温暖的烟味、汗渍让他反应迟钝。

"怎么了?"他问。她仍在哭,他抚摸她的肩膀,又问了一次。她抬起头,像孩子一样,用胳膊擦眼泪。她的额头压上袖口的折痕。"对不起,我一时忍不住。"

"你在想那个人吧?"他说。

"他来学校找过我,我不想见他,他说我变了,说我瞧不起他。"她说,"是他先提出来的。"

"那你为何还要见他?"他问。

"当初,他是为了我才来市里的。"她说。

听到这个回答,他感到一阵失落和说不清楚的恐惧,好似他要往高处攀爬,双手才刚刚做满一百个俯卧撑。

"那时候,我们没有钱,住在工厂旁边的民房里。"她说,"我记得有一年冬天,快到元旦节了。他们厂里操作部门一道吃饭,我也去了。就在工厂的大食堂里,那里有股厂房里的海藻味。饭口有一档节目,台上摆了不少礼物,底下的人只要表演节目就能赢。"

"后来呢?"他抓住她的手,她手心里出了汗。

"前面几个都让人赢走了,有人唱一首歌,有人拉一段二胡。他都没有抢到机会,到了最后一个,是史努比布偶。"她比画史努比的高度,有半人高,"我说我想要,那时,我们没有多余的钱。"她清清喉咙,"他上了台,我不知道他要表演什么,这时候主持人变卦了,几箱啤酒抬上来。他宣布谁喝得多,谁就能赢。他一口气喝了三瓶,他以为自己要赢了,底下又上去两个人,他赶忙抓起新的一瓶。"她停了一会,为了调整声音,"后来,上台的人更多。脸涨得通红,都要发紫了。我去台上拉他,他不理我。人们都以为他疯了。最后台上只剩两个人,另一个块头很大,喝得比他快,也比他多。我在底下喊,算了,我不要了,不想要了。他还不罢手。他攥紧拳头,站不稳了,要闻着酒味才找到瓶口。台上又送上两箱,大块头怕了,骂了他一句,下台了。主持人宣布他赢了,他还不放手,他喝了一瓶,又抓起一瓶。主持人不敢说话了,台下人一片安静,他一瓶接着一瓶,直到整个人摔倒在地。我上台去扶,他看着我,眼睛红透了。"

她停住了,目光落在锁上的屏幕。他放下她的手,换到她的位置。她躺在他的怀里哭泣了一会,睡熟了。他看着她的泛白的面颊和咬红的嘴唇,他们从没像真正的爱人那样相处过。这么说,有个人为了她不顾颜面、近乎疯狂。相比较起来,他内心涌动的骄傲和失落,是多么的渺小,他对李雅的情感是多么不值得一提。他将头埋在李雅的头发里,眼泪从眼窝里泅出来。他没有对任何人产生这样的情感。

窗户上一团昏暗,看不清对面百货建筑的轮廓。街边传来鸣笛和通宵公交的车轮声,真正的早晨还很遥远。他闭上眼睛,想象黑夜笼罩城市的每个角落,也笼罩着山区里一束行进中的微光。

山体环绕

穿过一条长长的隧道，火车在铁轨上停了一会。太阳落下了，平原上雾气四合。

轻微的晃动中，坐在对面的人醒了过来。她找到舒服的位置，身影在窗户上落了一层浮影。等火车动起来，排开的冷杉、原野和星星亮起的灯，在镜中的面孔上流淌。这样看去，镜子内外相隔的不是透明，而是一条色彩汇成的河。

没过多久，夜晚取代了暮色。镜中的人越来越淡，最后堙入一团黑色。李原的目光从镜子里挪出来：她脱去外套，露出米色毛衣包裹的身体。自南京上车以来，她一直处在睡眠的边缘，就算醒来，也是迷迷糊糊的。

刚才怎么了。她小声说。

大概是让车吧。李原说。

她没有回答，又把头埋进臂弯里。李原摩擦着手背，把想说的话放回体内。他靠窗闭了会眼睛。这趟北上的列车，将在三天后到达拉萨。他适应了火车上的作息，每餐吃燕麦，无聊时就翻几页书。对面的女孩穿衣单薄，随身行李也很简单，不太可能是去高原。大概明早睡醒，她早已下了车。他这样想着，意识舒服地滑进了睡眠。到了后半夜，车厢剧烈摇晃，列车员喊西安站到了、西安站到了。他听到对面窸窣的响动。

醒来时，他还记得梦里零碎的画面。毕业会上，人们拥抱着喝一种容易打嗝的气泡酒。到下一个梦里，他们去了崇明，深夜在清冷的公园里散步。奇怪的是，他从未梦见过刘菲。梦时断时续，他全然记不得剩下的。

感到头发背脊上的暖意，他揉了揉眼睛。已经上午了，旁边座位换成一对父子。他准备去洗漱，过道里有人挨进来。一团暖融融的米色晃了一眼，李原不禁打了声招呼，女孩愣了片刻，有些奇怪地看了他一眼。

回来后，做儿子的拿出一副牌，扭捏得张不开嘴。父亲对女孩说，我们三个就差你了，一起吧，女孩点点头。父亲又看李原，说你看人家姑娘都来了，算你四个刚好。

打起跑得快，就有间隙说话了。这对父子是北上谋生，说高原的补助比工资还高。老父亲问，囡儿是到哪里？姑娘说，还没想好，也不知道去哪里。李原停下手里的牌，姑娘又说，反正先到拉萨，后面再说吧。

父子俩输了两局，往后都要算牌。女孩等着急了，抬头对李原说，你昨晚梦见什么了，还笑呢。我第一次见人在睡觉时笑。笑出声了？李原问。没有，就是脸上笑。

她说。

  他睡觉时会笑倒是真的。过去他寄住在舅舅家，午睡时，他听到一旁的舅妈对表妹说，你看，你哥睡觉还会笑呢。表妹说，肯定梦见喜事了。他半睡半醒，还在为喂山猴高兴。但是昨晚为什么笑，他却不知道。她拾起牌，说你真是奇怪。为了方便说话，李原问她叫什么。她说，她的名字有四个字。李原想到西门、公羊那样的复姓。她抽出一张"J"衔在嘴边，说她叫韩雪雨晴。李原扔下"A"说，天气预报啊。她笑笑说，天气还是晴天好，就叫我韩晴吧。

  打了一上午的牌，窗外不再是丘陵，而是轮廓起伏的山峦。车厢里弥漫出泡面的酸香。这时，父子俩早有预谋似的，拿出一瓶西凤和一盒烧鸡。打开的一瞬间，周围的人都看过来。父亲说，喝完这一瓶，醒来就到西宁了。看样子，是总结出的一套经验。不觉一瓶酒到底了，两人呼呼地睡了。

  他们看了会群山，交谈了起来。韩晴在服装公司工作，常因迟到被叫谈话。她跟主管交代，自己要睡十个小时，否则什么也做不好。此后，她仍无视规定，天光大亮时，才慢悠悠走进办公室。不久，公司有次外调的机会，主管毫不犹豫地上报了。接到通知后，她去找他理论。主管从公司效益谈到个人担当，说得云山雾罩。她不善与人争辩，坚定立场的话，也无法委婉表达。她忿忿了一晚上，第二天将一箱子文件,倒在主管桌上扬长而去。

她的人生就是这样,处处都是短板。高中时就出现过预兆。高考她数学接近满分,英语却没能及格。她说,辞职后想出去旅行,刚好听说有同学在拉萨开旅馆。她便打算先到西藏,再做别的打算。

火车经过一片湖面,李原说,他想去珠峰看看。她点点头,似乎羡慕他目的明确的样子。大学最后一个学年,他就计划了这趟旅行。最初他选择从青海,经过可可西里往拉萨,后来因为到岗时间的限制,他只可能选择一个去处。那时,刘菲在准备几家公司的面试,几轮下来,除了应付毕业的答辩,她几乎筋疲力尽。他告诉她这个想法时,刘菲没有反对,只是平静地说早去早回。临行前,刘菲陪他买了一顶防雨帐篷。

此时,那顶帐篷就在行李架上。过一阵子,他就要留意那里。现金和边防证明都在里面。火车在一个小站停了五分钟,天黑下来。又是一个长夜,韩晴脱了鞋,盘腿坐着翻手机。她的袜面上绣了两只猫。

他拿出那本小书,铜黄的封面上印着一座城堡,城堡旁洞开一扇门,穿睡袍的小人立在门外,双手捧住脸。这部没有开头和结尾的书,经过无数阐释后,仍保有新鲜感。他翻到任何一个章节,都会被里面的人物吸引。人生就像一条绳索绊住了K的双脚,他无法走进城堡,像封面上那样站在门外,也不可能。城堡只占据了他的内心。

他合上书,回味刚才的一丁点感悟。脚下暖融融的,车厢内开始供暖了。不多时,窗玻璃上蒙了一层水雾。透过水雾看去,外面是亮着路灯的县城。他用指头揩开一道透明,玻璃上露出一只眼睛。他在心底吃了一惊,他以为她早已睡了。这只眼睛微闭着,透出微暗的光。光里积蓄了一滴泪,滚下来后,在毛衣上沁出一个湿点。她闭上眼睛,用手臂遮住脸。她的肩膀轻微颤动着。如果她的记忆是一座花园,他很想在通幽的小径上走一走。

他睁着眼,等待天明。远山显现轮廓,野地露出青绿。他挨窗躺一会,舒服的震动中,他打了两个哈欠。他的意识还停留在黎明的昏暗里,他以为睡眠只是一瞬间的事。睁开眼,已临近中午。人们涌到窗口,看铁道边的牦牛。韩晴抱着膝盖,翻着桌上那本小书,全不顾处境的变化。身旁的父子醒了。还没到呢。儿子说,他望着父亲,像在质疑他。父亲晃晃头,叹口气说,这酒没劲,前两年都很准时。说着又要拿酒,儿子摇摇头。父亲只好摸过扑克在手里翻。

打了一晌午,火车经过唐古拉山口,海拔陡然升高,车厢里开始供氧。老父亲放下牌,说有点心慌,想跟儿子坐一起。李原换到了对面,这样韩晴和他坐在了一排。他反刍了几个念头,最终没有问起昨晚的事。窗外跑过一群羚羊,车里人看倦了,都觉得平常。韩晴倒是用指头敲着玻璃,数羚羊的数目。

临近傍晚,火车放缓了速度。李原用手机订青旅。韩晴说,要么跟她一起吧。同学那里应该还有房间。他们在同一个出口下了车。李原问父子俩,要不要也去?做父亲的说,不用不用,他们打算找个ATM机,靠一夜就成,每人一个包间。他们告别这对幽默的父子,打一辆出租,往城里去了。

韩晴的同学领他们去附近的餐馆。他说,旅馆没有房间了,韩晴可以在员工宿舍铺床棉被。至于李原,他想了想,问他是否带了帐篷?李原说带了。他说可以在房顶搭帐篷。过去旅客多了,都是这样做。搭帐篷不收住宿费。李原觉得这样也不错。

吃完了面条,韩晴付了钱。他们走过十字路口,在小巷里找到那家旅馆。旅馆有两栋房,一高一低,李原爬上耳房,搭起帐篷。他听到楼下有动静,韩晴的同学提着一口大锅在院子里刷。没有想到,旅馆的事他都是亲力亲为。

他铺上睡袋,躺在帐篷里计划明天的行程。快要睡着时,韩晴爬上耳房。她拿着手电,你还好吧?她问。他微笑着,说腰有点疼。她撇了撇嘴。她问可以躺进去吗?他挪开一个位置。她俯身钻进来。他们并肩躺着。她说,她被骗了。李原问为什么。韩晴说,这家旅馆根本不是她同学的,他只是在这儿打工。他上高中时就爱吹牛,早不该相信。在火车上,李原以为他是韩晴潜在的男友。

要不你跟我一起吧。李原说。

我想想。韩晴说。他感觉到她暖融融的鼻息。

翌日，他们早早离开旅馆。韩晴走进一家帽子店，出来后戴着一顶遮阳帽，帽檐宽敞。这样看去，她就像亨利·詹姆斯笔下的人物了。他们在市南车站买了票，赶最早一班往日喀则去的客车。他们跟一群赶庙会的藏族男女挨在一起。挤在座位里，他闻到她身上早樱的香气。

你用的香水很特别。他说。她笑了一下，说不是香水，是用了特别的肥皂。他点点头说，肥皂是脂肪和碱液混合的，大概是香料很特别。韩晴看着他。你也看过《搏击俱乐部》？韩晴问。李原说，不是的，他学过这个反应式。

李原在大学里主修化学。读中学时，父亲将他丢到舅舅家，自己带着母亲到南方打拼。过了几年，他体面地当上了校长。每次暑假回来，都要看他的日记。日记里写他失眠的症状，写自己小心翼翼的心思，还有大段对父母的微词。父亲看到那一节，愤怒地扔掉了本子，告诉他，这一切都是为了他好。不要再有那些荒唐的念头。小时候的阴影又袭上来，只不过成年后，父亲不会扇他耳光，也不会罚他站到屋外。高考填志愿时，父亲知道他的想法专程赶回来。到了摊牌的时候，李原坚持自己，父亲板着扑克脸，从凳子上站起来，忿忿地喘粗气，话像噎住了。他在屋里转了一圈，拍着桌子，恨不得站到桌面上。他说，社会是残酷的，学理工至少有一碗饭吃。他在大城市漂泊很多年,他用一生的经验告诫他,他的选择是错的。说完,走进了院子。

他快速填写了,合起来用汤碗压住。父亲走进来,抽出来瞥一眼,右手伸进内页,整张撕下来。桌边的舅舅都愣住了。李原移开凳子说,那你自己填吧。说完,就去逗旁边的黑狗。

之后他读了父亲填报的工科院校。他整天逃课,躲在图书馆看穆齐尔和卡夫卡。同学们觉得他是个异类,他自己倒觉得自在。那个肥皂的工艺,是他为了应付毕业论文找的资料。另外,他还研究过砒霜的做法。

相比之下,韩晴的大学生活更加单调。她在服装院校学设计。学校在郊区,周围很封闭。不是农庄就是麦田。校园里基本没有男生,时间长了,女孩和女孩牵起手来,是常有的事。她们成双成对,在教室里也会偷偷接吻。

她有过一位女朋友,她们上课吃饭都在一起,她们也拥抱亲吻过。有天周六晚上,舍友都没在,她摸进她的宿舍。她们挤在架子床上谈心事,说到要紧处,她感觉到她正在抚摸她。一开始,她还能接受她的试探,只是当她提出更多要求时,她感到抗拒。那是来自心理和生理的双重不适。那时她才知道,自己跟她在一起,只是出于依赖心理。

结束那段不愉快的情感,她有意独立自律起来。为此,她看富兰克林的自传,去培训机构代英文课。

韩晴讲完后,班车在盘山公路上打转,一条湍急的河流从雪山上淌下来。司机大声说,再翻过一座山,日喀则就到了。

日喀则是一个市,经过市区后,就没有便利的班车了。他们在市里吃了碗面,采购一些必需品。从下午两点,开始徒步搭车。他们沿着省道,走到郊外的一处山丘。他们在那里搭上第一辆车。皮卡是往县里收药材,刚好顺道。他们给了司机两个苹果,翻进车斗里。车发动起来,他们索性平躺着。天是蓝的,山是青的。

车在山路口放下了他们。他们往那条狭窄的小路走去,韩晴没有受高海拔影响,脸上红扑扑的。路过几个村舍,天傍黑了。他们在靠近溪流的平地上,整理出一片空。搭上帐篷后,李原打开煤炉,准备熬点燕麦粥。韩晴站在水边,朝着雪山呼喊。过了几秒钟,山谷又朝他们回应了同样的话。

降温后,他们钻进帐篷。韩晴来回翻滚,这是她头一次睡睡袋。睡袋是在日喀则买的,准备再买一顶帐篷时,李原说他带的帐篷,足够两人用。韩晴瞪了他一眼,挑了几顶,最终也没有买。韩晴从睡袋里冒出来,说还是一顶帐篷好,不会冷。李原点点头,没能抓住脑海里游走的那个念头。他掏出手表看了看,时间不过八点。在租住的房屋里,刘菲每晚十一点才准备睡觉。晚饭后,他们常去附近的公园散步,公园早已废弃了,只有几个秋千架和盆栽。

他们的第一次是在水杉林里。那时才刚刚大二,他们趁着午夜,躲进公园里,到了最后时刻,他抹起刘菲的裙子。进入时,刘菲嘤嘤哭起来。刘菲后来说,因为那一刻,她才搬到公园附近。刘菲很喜欢跟他做爱,有时一天能做三次。到后来,她忙着找工作,就很少做了。

听着风声,他渐渐睡着了。不多时,韩晴翻了身,说我害怕。他坐起来,换到门边的位置。越过她身体时,她脸颊发烫,脖颈处出了微汗。躺下后,韩晴抓住他的手。她说这样,她才能睡着。她的手肥嘟嘟的,摸不到骨头。他镇定地点点头,身子扳得笔直。他担心那只温暖的手,会唤起身体的反应。毕业投简历时,他在爱好一栏写上:在沙漠里行走。他没有去过沙漠,但是他觉得这样写,是对社会的一种反抗。遭到面试官的讥讽,他还暗自得意。他后悔没去沙漠走一遭,因为在深夜有个女人抓住他的手,这大概就是在沙漠里行走的感觉。

韩晴睡到中午才醒。走在路上,累了就牵住他的手。翻过两个山口,山路往盆地伸去,没有尽头。韩晴累了,靠在石头上休息。山峦处,两只花鹿正遥望着他们。一阵突突声,从山下响起,不多时,一辆拖拉机爬了上来。韩晴招了招手,藏族汉子刹住了车。他们爬上车斗,上下颠簸中,韩晴抱紧李原的胳膊。下到盆地,先是飘起毛毛雨丝,后来雾气遮住了整个山道。三轮车小心地行驶着,遇到转弯处,喇叭摁得山响。韩晴迎着山风,时间久了,眉毛上添了一道白。

雾气在山脚处散去了，没过多久，一场大雨落下来。他们没有地方躲藏，李原拉开帐篷，将韩晴挡在里面。韩晴靠在他肩膀上，吻他的脖子。

他们在一个小镇跳下车。镇上有家藏人经营的旅馆，每个房间有十张床位，提供插座和热水。住进去，屋子只有他们两个人。草率洗漱后，他很快睡着了。韩晴在另一张床上，从床头握住他的手。到了深夜，他梦见被人关进逼仄的囚牢，四面不通风，空气快耗尽了，他胸口压抑，快要窒息。他大喊一声，醒来后屋里仍是两个人。韩晴熟睡了，身体朝向墙面。他爬到窗前的床铺上，推开窗户，冷风灌进来。他得救一般，趴在窗台上，胸口战栗。

雨住了，街铺还亮着灯，一群人牵着高马在楼下说笑，他们戴着头巾，穿着赤红的袍子，像喜宴上刚刚散去的宾客。原来镇上的人也有他们的生活。

清晨，他在镇上闲逛。他买了两包熏肉和三根火腿。这样进入山区，就不用每天吃燕麦。付款后，电话打进来。断断续续的信号里是母亲的声音，母亲没说几句，父亲抢过电话，要求他赶紧回来。他将电话拿开耳畔，说山里信号差，挂掉了。他带着忿恼的情绪，爬上木楼梯唤醒韩晴。

他们往山区徒步。翻过一片高地，他肩膀酸痛，双脚愈渐滞重。韩晴睡足了觉，身体轻盈了。她远远走在前面。他们转过一座山，一条清澈的溪流横在眼前。他们往上游走,走累了,他们坐在突出的石棱上。他将脚搁在流动的冷水里。韩晴吃着火腿,嘴唇上沾了一层浮油。李原告诉她,早上家里来电话的事。韩晴望着远处的灌木,没有认真在听。重新上路后,韩晴落在了后面。

那个时候,韩晴走上来突然问,那个时候,你想过把你舅妈叫作妈妈吗?

没有。他有些惊讶她会这么问。没有。他又说。

那你恨父亲吗?韩晴问。

他低着头,路面上的干土积了厚厚一层,耳边的水流声格外响亮。他加快了脚步。韩晴在身后小声说,其实我有两个爸爸。他回头看她的脸,她的脸很白。

韩晴说她的父母生了三个女儿,到她是第四个。他们负担不起,就将她过继给一户远亲。远亲家里稍富裕,经营一家养鸡场,没有儿女。大人们在饭桌上谈判,她跪在凳子旁写作业,偷听到了。她偷偷藏进衣柜里。她爸爸将她拽出来,她赖着不走。他用扫帚打,腰腿上红印子爆出来。做养父的怕孩子打坏了,抱她到怀里。

住过去以后,她每天想着逃跑。两家离得远,她记不得路,只知道沿着养鸡场后的公路,能走到家乡所在县的地界。她掖了点馒头,趁夜往家里跑。还没到凌晨,她就走不动了,坐在路边哭。这时她养父骑着二八大杠,慢悠悠地停在她跟前。回来后,养父给她煮了四个荷包蛋,她呼呼吃完了。往后她又逃跑了两次,都让养父骑车带了回来。

等长到十二岁,她下了死心,沿着公路,走了两天两夜。路上吃凉的蛋卷饼、睡玉米秆垛,终于回到家。她在家里住了几天,养父拎着一筐鸡蛋和两只公鸡上门了。断了几年来往,两家大人见面,拉起很多家常。中午留下吃了饭。她坐在一旁,看着养父不胜酒力,硬要多喝两杯。她暗地里笑,脸上却是气鼓鼓的神情。吃完饭,养父推出自行车,朝屋里喊一声,我们回家去吧。她抠着指头,四下打量了屋子,小心地坐上他的车。回去路上,养父说,看看就安心了,往后啊,每年都来走趟亲戚。等她成年以后,两家反倒因为她亲近起来。逢年过节,她的两个父亲就坐在一张桌上打牌。

没有想到,她竟有这样的身世。他望着韩晴。现在为难的是跟生父的关系。韩晴说。她生父患了腿疾,小腿水肿得厉害。她专程回去探望,拿出两千元钱。生父坚决不要,跟母亲说,母亲也看丈夫的眼色,不敢伸手。往后她不再多亲近。她找不准自己的位置。

说到这些,韩晴蹙起了眉。李原轻轻拉住她的小拇指。

走到高处,山坡上一片青绿的草甸,杜鹃红艳艳地开了一地。到了下午时分,随着海拔上升,周遭有了暮秋的景色。山体是棕色的,看不到植被。

四五点钟的样子,他们攀上一处碎石坡,寒风吹彻了山谷。山谷里有一处水泊。他们披上外套,在洼地里搭起帐篷。他们早早躲进去,听着外面的呼啸。为了避寒,他们穿衣躺在睡袋里。走了一天的山路,两人都很疲倦。迷糊了一阵子,风停了。天光还没有彻底的暗,帐篷上沙沙的黑点,不多时覆盖了薄薄的一层。李原打开帐篷,白雪压压一片沉下来,好似要将山谷填满。

韩晴受凉似的,往睡袋深处钻。他关上帐篷,看着顶部积攒的雪,渐渐宽阔。真难想象,一周前,他还躺在舒适的床上。现在刘菲正在写简历吧。夏天里,她只穿条三角裤,奔跑在客厅里。这样想着,身体有了一点温暖。韩晴挪了挪身体,坐直了。后背好冷。韩晴说。李原伸手去摸,睡袋上有些潮湿。揭起后,防潮垫上淤了一层水。早应该在高处搭帐篷。李原说,雪落地就化了。

李原打开手电,检查了周围。帐篷边上也进了水。韩晴裹着睡袋,压到他身上。这样他们都挤在干燥的方寸里。他感觉到韩晴的重量和骨骼。

韩晴趴在他的胸口睡去了。过了一会,她将他的手搭在自己腰上。紧跟着,嘴唇贴住他的面颊。她的嘴唇很烫。他隐藏起身体的反应,将意识集中在头顶的积雪上。这似乎是一场木头人游戏,她闭着眼,如果他动了,他就输了。他知道自己会输,但关键是他能忍耐多久。他知道忍耐是自欺欺人,但是这是游戏的一部分。防与守之间,韩晴审视他,也揣测着他。

韩晴抓紧他的手,滑进自己的裤子。越过臀部,他摸到湿滑的一片，他笑了起来。输的人是她。气泡飞到了空中，眼看就要破掉。李原咬住她的嘴唇，双手在身体上寻找暗扣。这时，韩晴睁开眼睛。她的眼神里燃起一道光。她褪下裤子，引导他滑进她的身体。那里热烈而狭窄。他们拥抱在一起，不做更多的动作。她紧紧将他锁住。这是另一场游戏？她抓住了猎物，握紧它的脖子，看它在虎口处喘息？他想到刘菲，他们做爱时，总是在激烈的运动中抵达一个点。

　　他们亲吻了一会，她嘴里有苦涩的味道。她趴下来，将他从体内推了出去。韩晴咬住他的手指。他明白了她的意思。他抚摸着她，用手掌包住那片湿润。轻轻的触摸中，她抵达了更强烈的高潮。她的双腿紧紧夹住他的手腕。

　　结束后，她躺在他的怀里，不准他说一句话。他搂着她，感觉血液正在变凉。睡梦中，有人握住他的下面，迅速帮他释放了。整个过程，他都没有醒。

　　早上他乏力地睁开眼，身体虚弱。帐篷上积了手指厚的雪。外面煤炉煮着粥，远处，韩晴站在水泊旁。天空昏暗，只看到太阳的晕。她走回来时，他抱怨粥煮咸了，水分有点少。现在他们成了一对老年夫妻，她做好了饭，他总要挑一点毛病。她没有说话，只是默默地收拾帐篷。他不喜欢这种积攒情绪的方式。

　　她跟你在一起很久了吧？韩晴说。

　　你不也是吗？李原说。他猜不透她的心思。韩晴低下头去。但是分手了,我跟你不一样。她说。这时,他知道韩晴出门,并不是因为辞职那么简单。

在火车上流泪,也是因为这个吧?李原说。就算到了决绝时刻,有些心事仍需要保护,但是他没有。韩晴警惕地看着他,受到威胁一样。

走了一会,韩晴踢开脚边的石子,说要不我们回去吧。

回哪里?

回市区,反正也不知何时能走到。韩晴说,她重新戴上宽檐的帽子,脸上留了一片阴。李原想了一会,要是回去,你还生气吗?

不生气了。她说。李原望着远处的山峦,说那好吧。

他们往回走,李原拉她的手,她躲开了,走到碎石坡,他从身后抱住了她。

他们走到一处县级车辆检查点。物色了几辆汽车,没有一辆是往城区的,他们泄气地坐在路牙上,天色很晚了。他们在检查点背风的树下,搭起帐篷。躺下没多久,边防交警拍响了帐篷。他以为他要赶他们走,但是交警朝路口指了指。一辆大卡车停在路边,司机正往检查站递证件。李原大喊了一声,司机倒像被吓着了。司机说他是往拉萨运货,走夜路空车前往。韩晴问,可以带着他们吗?司机挠了挠额头,说正好有人说说话。他们扛着背包、帐篷,一股脑扔进车厢。

卡车在夜色里行驶，车身几米高，座位上视野开阔。驶上平坦的省道，道路两边漆黑，不时有结队的野狗跟随。司机打开收音机，里面出乎意料地播出一首慢摇。这首 hey oh 大学里常听，李原感到亲切和放松。韩晴躺在他腿上，轻轻打着节奏。他蹦出一个念头，黝黑的司机会像黑人那样，突然蹦出几句说唱。他小声跟韩晴说了这个想法，韩晴咯咯笑出声来。司机严肃地看着韩晴，他的神情跟音乐是隔绝的。

车外模糊的山影在倒退，远边的湖泊一片幽暗。有那么一个瞬间，他理解了《失踪的人》里的卡尔。他年纪轻轻就被放逐到美国，在一次次欺骗中找不到人生的价值。卡夫卡也有着这样的困惑吧？他想到离开拉萨后，他要像卡尔那样，被新的道路裹挟着。似乎他还在思索着，生活已将他推到人世面前。他要屈从于新的工作、屈从于父亲的安排。他听着歌词的大意：你是否听到我的声音。在欢快的气氛里，他听出一股悲凉来。

到了凌晨三点，韩晴睡去了。车经过一座县城，几块招牌还亮着。司机刹住车，舔了舔嘴唇，认真地说，我饿了。他跳下车，进了一家速食店。韩晴醒了过来，抬起额头，碰到他的下巴。到了市里，我们做爱好不好？她揉着眼睛说。他说好啊，每天都做。她点点头，又困倦地睡去了。司机爬上来，提着两个包子。他递给李原，李原摇摇头。司机说，给你女朋友的。李原想了想，接了过来。埋着头的韩晴，小声笑起来。

进了拉萨城，卡车在一个集市口停住了。司机朝他们摆摆手，说了声"路上小心"。下车时，李原忽然想把身上的钱全部给他。他们目送着卡车，往郊区远去。韩晴说，早该把包里的零食给他。

天还没有亮，旅馆没有空房。他们在街上闲逛，遇到计生用品店，韩晴推他进去。跟刘菲在一起时，他很少走进这样的店。刘菲喜欢在网上买，跟他试过款型和气味后，选择最舒适的那一款，往后一直用。店里躺着一位中年人，躺椅上盖着被子。他寻找刘菲常买的那个牌子，但是没有。中年人忙着睡觉，有点厌烦了。他从柜里拿出一盒，说这个好用，还便宜。走出店时，他有点遗憾。韩晴欣喜地指着街尾的旅馆，招牌上显示还有房间。

他们换洗了衣服，翻出睡袋晾干。收拾完毕，他们躺在床上，连做爱的念头都没力气去想了。身上的疲劳压下来，他沉沉睡过去。她从身后抱着他。他们睡到天黑才醒。醒来后，韩晴走进浴室。听着水流的声音，他恢复了精神。他身体里涌起一股冲动，但是愧疚感阻止了他的想象。他一方面觉得背叛了刘菲，一方面又想冲进浴室，俘获那个赤裸的女人。过去半年里，他跟刘菲的次数在减少，间隔也在拉长。这不代表他不爱刘菲，只是他们的爱已不只停留在身体上。刚认识时他们频繁地做爱，那种疲倦后的空虚，曾一度挖空他的心。

韩晴热腾腾地走出来,身体在浴巾里撞来撞去。这时他的顾虑消失了,只剩一具不能思考的身体。韩晴靠在墙上,打开浴巾。她的小腹光滑,乳房小巧。他身体里有东西要流出来。韩晴合上浴巾,说你的阴谋不能得逞了,我来月经了。

往后,他们每天手牵手出门,在街市上接吻也不避讳。看完城里的景点,他回去的时间就要到了。深夜,他们吃完饭,走进一处农贸市场。市场里都关门了,只有几盏灯亮着。他接到刘菲的电话,刘菲说,她工作找好了,在一家外贸公司。他问具体做什么。她说,她也不知道,进去之后才有安排。他答应着,看着韩晴站在灯影里,磨蹭着路牙。你什么时候回来?刘菲问,他听到那头剪指甲的声音。他说,赶明天的火车。他正说着,韩晴走过来,紧握他的手。他要挣脱开,韩晴挽住他的胳膊。刘菲最后说,你妈让你赶紧回来。李原有些心烦,两边都有人拉扯他。他走到阴暗处,不是说了明天吗?刘菲说,我只是转达她的话。挂了电话,韩晴蹲在地上。他问她怎么了。她看着他,眼神里流露出一点凶恶。你刚才怕我出声是不是?韩晴问。她站起来,往旅馆走去。

走进房间,她蜷在床上,被角遮住了额头。他也躺在床上,过了一会,韩晴抱住他的腿。我不想当第三者。她说。韩晴重复了一遍。不知为何,听到这样的话,他想到小时候有年冬天,他在冰上行走,到了河中央他害怕极了,他小心躺在冰面上。他听到身底下冰层窸窣断裂。但是救他的人一直没有来。他看着韩晴,兴许她经历过许多不为人知的事。只是她不擅长表达,偶尔轻描淡写地说起有那么一回事。

他们抚摸着对方,接了一会吻。她说,你爱我吗?跟刘菲在一起时,这句话只是日常的回答,现在却那么严肃。他说,不爱。韩晴又说,是我不能跟你做爱,你才不爱我的是吗?李原说,不是。你不爱我,我该怎么办?韩晴枕着他的胳膊。

睡了一会,李原说,你还想去哪里?韩晴醒过来,什么意思呢?李原说,最想去的地方是哪里?韩晴吸了吸鼻子说,我最想去南极。这句话像一尾鱼游进他的梦里。

第二天,他们一道去了火车站。她手搁在口袋里,低头走着。到了安检门附近,她掏出手掌,说这五百元给你,谢谢你照顾我。看来,她在旅馆就准备好了。他推开她的手,将帐篷和睡垫让到她怀里。她的那个心思,被晾到了一边。你路上留着用。他整理好背包,朝她点点头,跨过了安检门。

他跟着拥挤的人群,上了火车。车厢里空荡荡的,没有几个人。他拿出那本《城堡》准备看完。到了深夜,韩晴打来电话。他扣上书,走到车厢连接处。那头放着音乐,很热闹。她几乎是喊着说话的。她说,她回到了同学那里,在那个旅馆遇到一伙人,他们去往云南,也是搭车。两男三女,后天准备出发。

送别时,我们都没有拥抱一下。她说。

时间来不及吧,也许是忘记了。他说。

那样也好,她停顿了一会,没有其他事了。我们忙着收拾呢。

挂了电话。火车经过一处信号灯,晃一下就过去了。

回到苏州,刘菲在物流公司入职了,她每天穿着小西装上下班,回来后就讲公司里的趣事。他在家里休息了两天,扛着行李去厂里报到。印染厂在南郊,老师傅带他走进一间厂房,房间里摆满各色染料。他的工作是根据布匹数,称取各种染料的分量。老师傅扔给他一副口罩就出去了。工作了半天,他就上手了。中午他仰躺在椅子上,阳光从通风口照进来。他看到空气中飘浮着各种色彩。空气有了颜色。第二天例行的点名会上,组长问他感受如何,他举起拳头说,我热爱这五彩斑斓的工作。

他渐渐适应了厂里的作息。每天他喝一碗刘菲煮的米粥,迎着晨光去上班。中午和同事躲在布料堆里打牌。晚上回家后,陪刘菲看两集日剧。逢到周六日,他们不是去公园散步,就是去超市买面粉。那一阵子刘菲迷上了做甜点,他的盒饭里,每天都有一块烤焦的蛋糕。他沉溺于现在的生活,那次旅行,似乎变得遥远起来。用不了多久,韩雪雨晴也会像过去认识的某个熟人,只存在于他的手机通讯录里。

但是过了一个月,他收到一张河内寄来的明信片。明信片是空白的,落款和日期都没写。他看着明信片上的日落。她从云南入境的越南?这么说,她还没有停下?他怀着疑问,将明信片压到衣柜底部。第二天在班上,他心神不宁,总想着那张卡片,他将淡绿色染料错看成天蓝,为此废掉几十匹布料。他被罚掉一个月工资。在一次酒桌上,他终于忍不住跟高中老友讲起了那件事。老友耐心听他讲完了,给他添上一杯酒说,如果一个男人一生都只跟一个女人睡觉,那太可悲了。

原本这只是老友常挂在嘴边的玩笑话,但是他听后,一阵愤怒升上来。他觉得他只是在敷衍,根本不把他的话当回事。他一下子觉得来饭店里喝酒的人,是多么无聊。

回去路上,他喉咙干痒,心情烦躁。他朝地上吐了一口痰。正要离开时,他发现他的痰出了问题。他的痰是绿色的,又吐一口,痰成了橙紫相间。他准备告诉刘菲。回到家,刘菲穿了一条新裙子,裙子没有纽扣,针脚也粗糙。刘菲说她是自己做的。李原问她在哪里买的布。她摇摇头。他走进卧室,发现窗帘只剩下一半。她说,布料很好,做窗帘太可惜了。

他没有责怪她。晚上,她穿着那条裙子,骑在他腹部,说这是对他的奖励。在褪下裙子之前,他跟她说了今天的事。刘菲看着透光的半边窗户,说你不觉得可以写点什么吗?

过了几天,他下班提前了一小时。他趴在地板上,用一根食指敲出几段话:

某一天早晨,李默与妻子做爱后,发现自己的精液是彩色的。他去医院问诊。医生将信将疑,递给他一只小量杯。这让他很难为情,他不得不在规定时间内,挤出一点东西。他躲在布帘后面,索然寡味地自慰了一番。医生弹了弹杯壁,检查一番,良久也没有结论。李默说,他经营了一家染坊,白布进,彩布出。但是医生也说不清,这等怪事跟工作有何关联。

不久后,又发生一件费解的事。周五晚上,他例行去浴室泡澡。他脱去衣服,蹑手蹑脚滑进热水池。隔着水汽,他看到自己的大肚腩是紫色的。一开始,他以为是在哪里碰伤了,但是他扭过身子,看到屁股上两股靛蓝。他故作镇定,用手掌扇扇风,对身边的人说哎呀,忘记拿肥皂了。他出了水,裹一件浴巾回到更衣室。

到了晚上,他的头发变成了红色。他顶着一团焰火,对妻子说自己染发了。他一改裸睡的习惯,裹得严严实实。秘密还是没有瞒住,妻子扒开他的裤子,看到他吊着橙黄色的一根萝卜。他反复解释,但是妻子根本无法理解,最后她只得跟他分床。这时,他想到父亲有白化病,身上很多白斑。他怀疑基因是否出了问题。

他去看望父亲,但是无功而返。不等他开口,父亲见他染了一头红发,便操起拐杖,命令他立刻染回来,否则一句话也不要跟他讲。他丧气地回到家,家里很乱,好像有人在屋中央打包过行李。妻子在冰箱上留下一张条,上面写,我不能整天跟一只变色龙在一起。

此后,他变得郁郁寡欢。身体的色彩反倒更加鲜艳。他杜绝跟人来往,经营的那家染坊也倒闭了。他找不到工作,只得卖掉住宅,搬到地下车库去。

他每天躺在床上,从挨着地面的窗户,看街上的路面和人们脚上的鞋。除夕的夜晚,他裹着破棉絮,奇迹发生了:他发现脚趾的丹红色正在变淡。他掀起衬衫,身上的色块也越来越浅。他听着新年的钟声,想到明天将会是一个新的开始。

他周详地计划明天的事宜。一阵阵的兴奋中,他疲倦地睡着了。醒来后,他奋力揭开被褥。但是床上空无一物。他看不到自己的腿和胳膊。

他跳下床,拉开灯。他看到灯光穿过他的身体,落在水泥地上。他是透明的,他变成了空气。

写到这里,李原觉得故事讲完了,但又缺点什么。他在屋里走了两圈,又添上一句:从原则上来说,李默这个人从人世上就此消失了。

他写好后，扔进了电脑深处。过了一周，他买了副加厚的口罩，他的呼吸道又恢复了正常。他渐渐忘记了那个故事。

不久后，轮到他夜班。他清晨回到家，对刘菲说，现在只要赚到钱，让我做贼我都愿意。刘菲说，那你去做贼好了，我还是爱你的。她换好运动服，跟着电脑里的视频，跳减肥操。他捂住耳朵，想要睡一会。快要八点时，刘菲推门叫醒他。她怀抱电脑，满身的汗。

他们给回复了。她说。她兴奋得跳起操来。他甩开她的手，蒙起被子。那个故事我投出去了。刘菲说。李原爬起来。投去哪里了？哪家杂志？他问。

我看到一家公司招聘，就发过去了。刘菲说。

一家公司？

一家动画公司，还附了简历。刘菲将电脑移到他面前，邮件上说，只要完成一个测试，就会被录用。李原还没有听懂，刘菲在床边换衣服说，你不是想换工作吗？

那一整天，李原支着沉重的脑袋，完成了一长串问题。他没有把测试当真，他只是想让刘菲满意。发完邮件，他倒头睡到天黑。第二个夜班回来，睡眠又被打扰了。电话在枕头下嗡嗡响，他抓来听了几句，立刻端坐起来。

那家动画公司叫嘟嘟动漫，名字可能是听到电话铃声时起的。在嘈杂的工厂待久了，搬进写字楼，他觉得自己像个乡下人。公司正筹备一部动物冒险的动画片。

　　上午同事们还编造点东西,到下午都在混时间。他在案头放了一套卡夫卡小说集。闲下来就翻一翻,格里高尔、艺术家这些人物异常活跃,他们像卡通人物在他眼前蹦跳着。

　　在公司餐厅里,他认识了制作部的一位小姑娘。她留着粗辫子,有股未脱的学生气。她小声说,她叫韩雪,还在试用期。他坦承了自己的想法。她有些惊讶。他说,那只是一个爱好,费用他来出,她只管画就可以了。她卷着辫子,说只要不被公司发现就行。

　　他们改的第一个短片是《煤桶骑士》。黑白的,他觉得只有黑和白才是卡夫卡。短片传到网上,点击率不高,但有几条好评。接下去的两个月,他的业余生活沉浸在短片里:他选取一些小说,改成剧本,对话和场景都做了改动。有时在上班,他借着倒咖啡的工夫,走到制作部看韩雪画画。她通常打开双界面,一边是鲜艳动物,一边是灰度人物。

　　《地洞》快要完工时,他收到了一封邮件,底部附了几张照片。有一张是尼泊尔的冰湖,韩晴站在冰面上。她戴着棉帽,羽绒服裹到了眉毛。但是他一眼就能认出她。她的眼睛是那样特别。后面是几张他的帐篷:从半新的开始,破了一个洞,缝补后又稀稀烂烂,最后卷起来,蜷到垃圾箱边上。他邮件上回复一个问号,他手机动了一下,短信写着：……。

跟着又一条短信里，她说她不想再走了。他问为什么。她回过一个哭脸，她说她花光了所有积蓄，到南京安顿了下来。她说她开了一家网店，正在装修。他发了一个问号，她说就是PS。他去店里看了，只挂出几件连衣裙。

晚上回到家，他对刘菲说，我给你准备了个惊喜。刘菲拿支铅笔在盘头发。过两天你就知道了。他走进屋说。刘菲推开门，严肃地说，不要给我买奇怪的内衣，我知道你心思。李原摇摇头，说不是、这次不是。过了两天，快递送上门。刘菲试了试连衣裙，说款式不错，颜色淡了点。他说同事推荐的。

往后他给韩晴的网站物色了很多照片，这家网店也在公司里流行了起来。有不少女孩子在里面挑秋装。韩晴说要好好感谢他。月底开总结会，天黑了才结束。他到公司附近的湖边散步，他接到韩晴的电话。韩晴说，你不要说任何话，听着就行。里面响起一首舒缓的爵士乐，接着轻微的呼吸声。他想象得到，那间屋子应该是幽暗的，韩晴舒服地坐在毛毯或沙发上。刚开始她还有点羞涩，声音很小，呻吟出一点，自己先笑了。渐进佳境后，他听到她指肚拍打的啵啵响声。湖心两条渔船正在远去，快到高潮时，他故意调高了音量。她受到划伤一样，啊的一声，挂掉电话。

他神情恍惚地走到家，刘菲做好了饭。青椒肉丝和一碗蛋羹，蛋羹上用葱花撒出了笑脸。他望着眼前的红红绿绿，觉得自己真是个孤独的人。他吃了几口，对刘菲说，公司要跟南京一家同行合作项目，要派一些前期人员过去。他舀了勺蛋，说他和两个同事被选过去，要待几天。什么时候？刘菲问。说不准，可能就是，油花烫到他的喉咙，这周，也有可能。

周六他来到南京，在秦淮河边订了一家雅致的宾馆。房间里铺了地毯，床头柜上放了一只日式的摇头娃娃，他起身摁开关时，没留神，碰掉了娃娃的脑袋。他在前台拿了一张本市地图，老板告诉他，他说的那条街要穿过一座公园。装修网店时，韩晴告诉他，她在后街租了一小间仓库。门脸挂了网店名：晴空。她平时就在里面发货。上午还没到十点，韩晴应该还没有睡醒。他在花店买了一束桔梗，走到附近的咖啡馆。他感觉到人们都在看着他，那束花向所有人泄露了他的秘密：不久之后，有个姑娘要跟他睡在一起。要是冬天他穿风衣的话，他准会将花掖进怀里。

坐下后，涌动的情绪仍没有停歇，他悄悄将花放到腿边。这时，他抬起头，看到一个熟悉的身影，背着长发，从面前飘过。是不是刚才的紧张，让他注意力涣散？但是他莫名地确信，那个人暗中观察了他许久。他喝了口咖啡，猛地烫到了嘴唇。这一切都糟透了！他起身追赶到屋外，当他想要喊出刘菲的名字时，那人已不见踪影。

他捧着花走到日光底下。穿过公园时，嘈杂的人群让他烦躁。他在西出口的十字街迷了路，路标上也没有那条巷弄。他不知道去往哪里。他气急地看着四方，突然觉得自己是个卑劣的人。他承受着这些，到底是为了什么？他预见到事情并不复杂。见面后，她会礼貌地跟他做爱，但以后的日子，他要小心地屏蔽她任何的消息。他望着周遭一片红屋顶商铺，一阵徒劳感袭上心头。他关上手机地图，折身走了回来。

　　他在宾馆看了一天电视，晚上门缝塞进一张卡片。他拨去电话，半小时后有人来敲门……

　　他有了一丁点反应，那个艺名雪儿的女孩就骑上来。她的锁骨很像韩晴。他躺在床边，自己也恍惚起来。他打算将那束桔梗送给她。

　　刘菲来电话时，他已经坐上回去的火车。他说，临时有变，开了半天会，基本定下了方案。刘菲没有疑心，他又大声说，公司真是抠门，出差补助很少。

　　回到家，刘菲正抱着一只鼓，她说这是非洲鼓，古代的非洲，人们通过击鼓传声，击鼓可以说话。今天刚到的货。他听着她噼啪的鼓声，从身后拿出那束桔梗。刘菲腾不出手，他只好搁在茶几上。咚哒、咚哒咚、咚哒咚哒咚嘟哒。她跟着这个鼓点问道，请问/你这花/哪里来啊哪里来。李原说小区门口买的。他想到昨晚，他将花递出去时，女孩摇摇头，说再来一次吧，我给你对折。他没有拒绝。

刘菲说她要成为鼓手,说不定还能加入一个乐队。他表示赞成,只是觉得拍着鼓摇头晃脑的黑人很滑稽。后来他每天被鼓声折磨着。他坐在客厅里,检查新改的《杀兄》《陀螺》也感到心烦。他看着短片里,哲学家最后变成一枚陀螺。那真是他自己的写照。他就是被繁杂生活的皮鞭,没命地抽打着。

好在刘菲的技艺有所提高,他播一首圣桑的曲子,她能拍出节奏融进去。练了两个月,她在公园练鼓,就能吸引一大批人围观。他担心按照刘菲的性格,她可能突然放弃当鼓手的梦想,拖着音响在鼓前放一只破碗。他鼓励她可以参加演出,多登登台。她踩着鼓点说,对的/对的/你说得对。他说眼下就有个绝好的机会。她停下手,摁住鼓音。他说,公司年会,他正在为出节目发愁。她挠着鼓边,说她是要出场费的。

年会在一家酒店举行。刘菲迟到半小时才来,她找到报幕人员,递上U盘,站到舞台中央。音响里传出张学友的《如果这都不算爱》,她抱起鼓拍了一阵,到了那句"我有什么好悲哀",她似乎并不过瘾,她抢过话筒大声唱起来。底下有人喝彩。同事都说,她唱得真好,没有一个人说起打鼓的事。

表演后,她背着鼓来要出场费。他说干吗背鼓来,省点力气不好吗?他掏了五百给她,她多抽一张。他说之前不是谈好的吗?她说,最后一张是买菜钱。她早早走了。

年会还有一个多小时,他还得等着。

到了最后一项董事长致辞,他有些疲惫,他抓了一瓶啤酒喝。等到最后的"共同展望",年会就算结束了。不过谁也没有留意,董事长身后的大屏幕换掉了,变成了默片。董事长有些愣住了。屏幕上,跳出一个黑色小人,他顶着硕大的空桶,站在煤店门口。李原心里一慌,到席位中找韩雪,但是视野里并没有。没有几分钟,屏幕上又出现了地洞,一位细条人爬进来,里面别有洞天,有屋舍、木桥和畜牧栅,一处亭台的楼匾写着:桃花源。

全场的人都安静了,放完几则短片,屏幕上出现了公司业绩的清单:出品集数、荣誉称号和卡夫卡。底下人都笑了,他知道有人在搞恶作剧。

他上了公司的黑名单,组长和主任都在监视他。过了两天,公司下达一条严禁做私活的规章。几个部门的主管都找他谈话。他走到哪儿,都听到有人在议论。他知道在公司赖不下去了。他递交了辞职报告,下午搬着纸箱回了家。

刘菲帮他投了几份简历,都没有回音。他赋闲在家,打定主意回染厂去,辛苦一点,但至少落个安分守己。到了周六,他翻出厂服洗干净,准备去老师傅家看看,求个情。打开门后,他父亲站在门口,手里提着沉重的黑塑料袋。

进门后,他坐在沙发上,将塑料袋放到茶几上。李原坐在小折凳上,问他要做什么。父亲没有回答。因为座位的高低,他看上去很高大。他打开塑料袋,里面露出红色的书。大学毕业时,他看到很多人捧着那些书,当时他还有些看不起。

不要再瞎晃悠了,干点正经事吧。父亲说。他说的正经事,就是考公务员。

我不想考。李原小声说。父亲摘下眼镜,盘在手里,又戴起来。父亲要是扇了耳光,他该怎么办?父亲重重推了他的肩膀,说你在这儿较什么劲?工厂待不下去,公司里也干不好。你怎么总跟人不一样?父亲说着,在茶几上丢下一个纸包。

父亲走后,他看着那团纸包,静坐了一会。一方面,他感到屈辱不想让步,一方面又暗示自己可能会有转机。他翻了几页书,拆开纸包。里面包了三千元,算是备考时的生活费。他突然憎恨起父亲,他真是个阴险的人。他看透了父亲的策略,但却毫无反抗的可能。眼下,他只剩下这条以退为进的道路。

他在家里洗了个澡。他认真地搓洗着,仿佛每个部位都是一步妥协。每次都是因为懦弱和犹豫,父亲才会乘虚而入,左右他的命运。洗完澡,他发觉自己彻底交给了父亲。

他埋头备考了三个月,其间他收到韩雪的邮件,她对那件事很抱歉,她说他的一个同事来找她,说也想看看那些短片,谁知道,他乘她去卫生间的工夫,用U盘全部拷走了。李原想到跟组长很亲近的那个同事,中午出去吃饭,通常都是他给组长带饭。他一早就该猜到。想到那个人来借书时的模样,他在试卷上狠狠画了几个叉。韩雪又来邮件说,她可以在家里做,发给她的剧本,只剩下一篇了,不改完很可惜。李原回复说,还是算了吧。他的心思不在这上面了。

考试那一天,刘菲陪他去了考场。他答题答得浑身出汗。有两道大题难住了他,他焦急地咬着笔头。等到铃声响起时,他才勉强填满了答题卡。他胃里饥饿,筋疲力尽。他看着楼下的高架桥和房屋,感到一切都那么真实。

他通过了初试,面试时考官问了几个问题,他回答得很流畅,其中一位女考官不住点头。但是回来后,他一直等不到消息。刘菲打电话去询问,那边说录取了三位,他是第四名。去父母家吃饭,他在饭桌上说了这件事。刘菲在碗里捣着米饭。李原故意说,面试时,人家说我基础不扎实。父亲晃悠悠地站起来,盛了碗米饭。坐下后,他用手捏住脑门,快要哭出来似的,说当时要是报文科就好了。

说完,他脸涨得发红,说不出话来。他看着这个中年人,没有责备,而是同情。同情他到了这个时候,仍认为此事跟儿子无关,只是后悔当初的那次选择。李原体内有股声音要咆哮出来,但是强忍着。他冷静地扔下筷子走进了厨房。

过了几天,他提上两瓶酒去老师傅那里。老师傅没有赶他,而是将他让进屋。说了一年来的状况,老师傅很理解,说年轻时,谁都想跟这个世界较较劲。他愿意跟主任讨个人情。他谢过老师傅,回去收拾行李。这一次回去,他打算住到厂宿舍。

他等着老师傅的电话,打进来的却是一个座机。对方声音很粗鲁,你是李原吗?他厌烦得想要挂掉。对方又说,面试进来的三个人,有一个生病没来。你明天来报到吧。

他连声感谢,慌乱地挂掉电话后,在河边小路疯狂地奔跑。他晚上睡不着,白天醒来后,仍不相信那通电话是真的。

他穿了一件得体的西服,去单位报到。迟到了二十分钟,但是办公室仍没有人。快到九点时,主任走进办公室,给他安排了一张桌子。他的工作是用表格处理数据。算法简单,但是工作量庞大。他怀着极大的热情,忙活一上午。他操作很熟练了,整天趴在电脑前。但是两周下来,进度却越来越慢。那张表格好似一张巨大的网,将他的身心整个吸了进去。听过两个老同志的劝解,他也觉得这不过是养家糊口,很多事不用太较真,总能遮过去。一份能看到人生尽头的工作,未尝不是好事。

稳定下来后,他邀好友吃了一顿饭。他宣布,他准备跟刘菲订婚。他向邻座的老友递了个眼神,老友端起杯默默喝尽了。其他好友也开始起哄,说一些双喜临门的话。

席散后,刘菲扶着他回家。吹了凉风,他的脑袋越发沉重。刘菲冲了点醋水给他,他抿了两口,小声哭起来。刘菲问他怎么了?他抹去眼泪说,我也不知道,我就是很难过。刘菲摸着他的头,那你就哭吧。李原捂住脸放声大哭。哭一会,他靠着床边没了动静。刘菲以为他睡着了,她去扶他。李原抬起头,抱住她的腿。他几乎蹲到了地上。他说,我想去南极,我想去南极。刘菲笑了,说待会把你关进冰箱,那里就是南极。

到了后半夜,李原口渴地醒来。床头放着一杯水,他猛地喝了一口,透心的凉。他走进客厅,打开电脑。他找到那个压缩包,打开后有几十张照片。那是在西藏拍的。农舍和山峦背后都藏着一个背影。一处露营的空地上,韩晴蹲在地上捡石子,另一张照片里,透过木门,韩晴一手挡着镜头,一手解开衬衫。在另一个加密的文件里,韩晴在热烈的日光下贴住他的面颊。最后是一张裸体,她抽着一根烟,站在窗前。窗帘拉开缝,是拉萨五点多的早晨。光照在她的背脊上,隐隐发亮。

韩晴后来发给他的照片,都标明了地点。在一处盘根错节的雨林里,她捧着一只甲虫。另一张照片拍花了,身体变形,背后是无边的荒漠。类似的照片挤满了文件夹。如果把那些地方标上红点,缩小地图后,画面好似拨开的石榴。很难想象她走遍大半个中国,还去了缅甸和印度。

躺在床上，酒精消耗着他的身体，那些画面在脑海揉成一团。浅睡后，他梦见自己在雪山里迷路了，他打开地图，地图是空白的。

睡到中午，刘菲买菜回来叫醒他。她攥着一根草绳，嘱咐他起床杀甲鱼。李原坐在厨房的面盆旁，拿着筷子和刀。刘菲洗着米问，你又要去南京？没有啊。李原说，甲鱼咬住了筷子，他趁机刺下一刀。但是刀口钝，只破了脖子的皮。刘菲又问，那你干吗买火车票？李原不太理解，恍惚中记起昨晚的事。他提着刀，看到手机上的购票信息。时间是昨晚，就在他睡觉前。他几乎忘了。他看着甲鱼紧缩着脖子，说单位出公差，派我去。又是南京？刘菲问。李原用筷子去引甲鱼，但是甲鱼死不张口。你还要这样编下去吗？刘菲换了一种语气。她说，我早上看了照片。甲鱼伸长脖子，他一刀挥下去。你珍藏的那些。刘菲又说。甲鱼缩了回去，刀切到盆底。

你不是都看过吗？李原失去了耐心，翻过甲鱼，用刀尖在腹部切出一道口，甲鱼挣扎着伸出四肢。不是那些，刘菲说，你不想让我看的。他刀下用力，切断了一根骨。你们一直都有联系吧？刘菲问。李原又横着划了一刀，这样腹部呈现一个"十"字。昨晚他酒醉，忘了关电脑。他伸手进去，摸到黏糊的一团。此时甲鱼伸出脖子，在空气里到处咬。他掏出一把，看不清的青黑里，有粒东西在跳动。

你还爱着那个女人吧？刘菲问。

不爱。不可能爱的。他掏空了甲鱼。

我们还是分开一段时间吧。刘菲说。甲鱼的四肢在颤动。他知道那只是神经性的痉挛。

我都说了，我不可能跟她有什么。李原说。

我相信你不爱她，刘菲说，但是你不可能忘记她。你爱上的是对她的记忆。

他望着盆里一片狼藉，意识到那只是一堆没有价值的肉。审判结束了，他将甲鱼丢到热水里去煮。下午，刘菲收拾行李，背上非洲鼓搬去了公司。他将她送上出租车，回来后，他看到瓶里的桔梗，花瓣干枯了，枝叶黑黄。

去南京的火车上，他收到韩雪的邮件。她还是完成了最后一则短片。她说应该有始有终。素来生活中，他不愿承受人情带来的压力，他给了她一笔钱，补充说收下后，才算有始有终。

韩晴来车站接他。她穿了一身红裙，头发釉红。她不急着跟他说话，而是忙着带路叫车。她做事干练，有了生意人的气度。坐进的士，她呼吸变重了。歇下来后，脸色惨白，额头仍在出汗。车外店铺的灯在她肩膀上，变幻着光影。她拉过他的手抱在怀里。他感觉到她加速的心跳。他问你很累吗？她说这样的情况持续一阵子了。他问怎么了？她说半年前做了一个手术。他想到上次来南京时的光景。她说，手术时拿掉了一个可有可无的器官。哪有什么是可有可无的？李原说。她翕动着鼻翼，说医生就是这样说的，可有可无。

她抓住他的手，伸进衣服下摆。他摸到肚子上的结痂。那时麻醉醒来，还是护士叫人，将我抱到病床上。她说。没有人陪着吗？他问。没有，家里离得远，那阵刚来也没有熟人。她舔了舔嘴唇说，要是在南宁待下去就好了。南宁比这里更好吗？他想到那是广西的一座城市。她说起她在青旅遇到的那个人。他们计划在南宁开民宿，夏天往内地卖水果，到了春天就埋头采茶。后来呢？他问。后来发现他很情绪化，在他朋友面前，还跟她争执。回来后，又千方百计道歉。李原看着外面，车进了拥堵的巷子。不高兴了？韩晴问。他摇摇头，说没有，我只是觉得我们不能做朋友了。

韩晴的住所在老式小区里，楼道里放着杂物和旧摩托。进门后，房间倒是整齐干净。喝了两杯胡萝卜汁，韩晴打开电脑，用谷歌地图找到那个山谷，现在那里覆盖着一层雪。山脊环绕，看不出有当时那么陡峭。你知道珠峰在哪里吗？韩晴缩小了地图。最高那座山峰，就在不远处，隔着几座山峦。大概一天的行程。翻过那个垭口还有路。他记得韩晴在帐篷里说。

我们为什么没去，差一点就到了。韩晴说，又给他添了一点。

当时觉得怎么也走不到那里。李原说。

还因为我们吵架了。韩晴说。

我们为什么会吵架呢?李原故意说。两人对视着,大笑起来。韩晴抬起头,脸色红润,那我们还要做爱吗?

不要了吧。至少现在不做。他说。

韩晴领他去阳台上看,那里堆着她旅行时用过的物件。旧睡袋、背包、碗具和一大沓票据凭证,她都舍不得扔掉。她还做了一个相册,贴满车票信息,厚厚一大本。最后,她在从旧背包里拿出一卷地图。她说手机没电了,全得靠它。不过地图被雨水浸泡过,已经皱得不成样子。摊开后,大半张地图竟是白色的。他怔住了。他又感到梦里那阵焦虑,那种时空错位,带来的一种恐惧。他不知道自己该往哪里去。

回到饭桌上,韩晴问他,这一段时间,他做过些什么。他借她电脑,打开韩雪发来的短片。短片改的是《爱的险境》,这次画面上了点彩,蓝色的草原,一对灰色男女远远眺望着。待他们走近时,男人身边出现一位铠甲勇士,推开后,另一位勇士挡在前面。不多久,他身边围了一圈手拿钢矛的勇士。他望着远处那个女人,女人身边也围着一圈。他想要挣扎,勇士挨个转过身来,举着钢矛对着他。他看到那些盔甲里,全都是自己的面孔。第三者来到草原时,身边也围着一圈人,但那是一圈跳舞的女人。第三者扑到女人面前,那些勇士和女人们都在跳探戈。第三者搂住了她,深情地接吻。而男人目睹着这一切,那些钢矛扎进了他的皮肉。

韩晴看完说,这很像一则寓言。她解去上衣,走进了浴室。过了一会,李原关了电脑,也走了进去。一片朦胧中,他找到她的身体。他咬住她的耳垂,手掌抚摸她的脊背。她松弛下来,抓住他的脖颈。他蹲下身子,亲吻那道疤痕。

她在他怀里转了个身。进入后,她扶着瓷砖,双腿并拢。他无法动弹。她要他这样抱着。花洒落在他的肩膀上,有些麻木。她的身体僵硬了,抬起的脚跟有点颤动。他带着那阵冲动,将她摁到瓷砖上,她双腿松开了。他带着一点破坏心理,想把一切都送进她的身体。那一刻来临时,他滑脱出来,朝她的小腿涌了去。

擦净身体,他们去卧室喘口气。韩晴侧着身子说,还记得山谷里有片水泊吗?他点点头,但心思没能集中。下雪的时候,那里结了冰。早上我就站在冰上,感觉那里能通往另一个世界。他在她的额头上贴一下。她推开他说,有时我觉得,我们就像站在冰上的人,担心着自己,同时又难以走近。

她望着他,她的眼睛清澈,似乎存得下一个倒影。刚才那个短片,也有这个意思吧?她问。是有一点。他又说,他还想自己写一个短片。她问是什么?他说是一个改编卡夫卡的人,慢慢变成了他笔下的人。那结局呢?她问。最后这个人躲到一座岛上，与世隔绝了。

不错，是蛮卡夫卡的。她说。他摇摇头，有些失落。他说，我只是一个模仿者，我不配代替他去创作。韩晴摸着他的头发说，至少在我这里，你可以。

你知道吗？卡夫卡拒绝了所有爱他的人。他说。

那你会拒绝我吗？韩晴问。

他没有回答，他看着房间的四个棱角，它们将人困在一个盒子里。

苍白的心

> 我那时也很觉得不快,想象伊的悲惨的死相,但同时却又似乎很是安静,仿佛心里有一块大石头已经放下了。
>
> ——周作人

去年,旧历年的年末,我把家搬到了西郊。那里挨着苏州河,十年前是一座渔村,后来改建成住宅。

住在高层的缘故,透过玻璃门,能看到香樟林和一处坡地。附近立着几间农舍。土坡上一畦畦的菜地,大概是这几户人家开垦的。正值隆冬时节,菜地里搭着竹架子,缠着几根干藤。地上只有半行青灰的菠菜。

住到来年,不知谁撒了种子,地里冒出一小片向日葵,有两分地。有只白鹅常在垄间走动,一副主人的模样。附近还种了梅豆角、油菜花、芹菜和茼蒿,丝瓜和西葫芦的秧子也攀到了架子上。小时候常去菜地摘甜瓜,看到那些蔬菜都很亲近。有时看完书,我就走过去散散步。只偶尔看到有人在打理。

去过几次后,我发现香樟林旁有处奇怪的处所。起初,我以为那是一片燃尽的篝火,走近才发现积着的是香灰。好在有过雨水,不至于四散。香灰和泥混到了一起,厚厚的一层,像铺开的棉被。我绕走一圈,长有六步,宽有三步。我没有多想,回来后没多久就忘记了。又过了一阵子,我门边想事情,看到有人蹲在那里。晚上我又去散步,香灰深处在闷烧着,露出饼状的红。

清明前的一天,那里的土地上果然立起了香烛,有细散成排的,有芦苇秆粗的。有位妇人捧着一把豆角,从瓜藤里出来。怎会有那么多香灰?我问着,又像在自语。她不好意思一样,笑着看远处,又看我,说那是个庙。她用手背擦着额头,又说,过去那是个庙。

我不觉得惋惜,只是感到不可思议。

这间一室户采光不好,拉上窗帘,分不清白天还是晚上。我没有什么朋友,也害怕跟人有亲密的关系。除了日常采购外,对社会没有所求。为此,我找了一份在家的工作。每两周跟同事见一次面。与同事交往,也适可而止,极少参加他们的聚会。可能一个人待久了,在外面捡到蜗牛,都想拿回来养。

我每天待在昏暗里,点一盏不亮的灯。除了看书和工作以外,完全是一个消极的人。刚过三十岁,就有了未老先衰的症状。有时走在街上,看到忙碌的车流和人声,我都觉得自己是一个多余的人,只是不是屠格涅夫式的,而是能自食其力的多余人。

当初去太湖经过西郊,看到一大片田野。当时想,要搬就搬这里吧。住在城里,人容易浮躁。后来,看了几处房子,找到了这家房东。屋子整洁,更重要的是,她急着租出去,出价低。她说,她住浦东,穿过上海来回跑,比挤早高峰还辛苦。

住下后,我收拾房间时,在厨台下翻出旧碗和盆。有人住过,这本是平常事。但是那些老物件都舍不得扔掉。我怀疑之前住过一位老人。我花了一整个下午清理出杂物,木凳、布鞋、酱油瓶、旧碗和一坛咸菜。我没有扔掉,而是用床单打了一个包,塞进洗衣机后面的夹层。

舟舟打来电话时,我正给那个大包挪位置。拿过电话时,上面已有两个未接。我回过去,还没有嘟出声,电话就通了。我有些吃惊,好似他在等着手机。他客套几句,里面传来车鸣,大概是站在西安的街头。他说下周想来上海玩几天?他说的玩几天,是指住在我这里,然后玩几天。过去他每次出差或路过,都是这样。我说好啊。那就十号吧。他说得有点着急,大概是买好了票。陈怡来吗?我问。他说,来的。

挂了电话,我去洗澡。淋浴温热,让人心情烦乱。我索性调成冷水,身体躲躲缩缩,心跳不觉加快了。它还健壮地活着。我摁着胸口,感觉血液流向各处末梢,皮肤透出隐隐的红。我想到毕业后不久，舟舟来上海时的模样。他晒得黝黑，穿着旧运动鞋，跟他站在一起，能闻到汗腥和机油味。他说，他买了一辆山地车，从烟台南下，一直骑到湖北。他计划骑到昆明，但是过了安徽，他的腰就受不了了。这趟骑行他谁也没有说，那一个月里，他每晚住帐篷，自己做饭。快骑到汉江，他睡在帐篷里，腰疼得翻不了身。他以为只是太累了，但是第二天疼痛加剧，跨到皮座上都感到吃力。他推着车，走到附近的镇上。医院的人诊断后，说腰部囊肿，不能再骑了。他在医院大院搭起帐篷，想了一夜，还是放弃了。我和他在托运厅等行李，排到号后，工作人员推出一辆旧车，车斗上驮着两只鼓囊囊的大包。

到我家里，他拆开包，倒在地上，水瓶、汽炉和几块固体酒精，还有一顶补过的帐篷。他说，这一趟，他把钱都花完了。我请他去吃饭，点了一盘炖鹅。他开始有点拘谨，聊了一会大学时候的事，他整个人放松了。他抓着鹅腿，喝酒时也不忘放下。我们俩好似回到了大学时代，我们大吃大喝，聊社会上的事，谈各种主义。每次他都抢着结账。有时候，我真羡慕他的大大咧咧。有一次，我们年级组织一次演讲，不知辩论了时政，还是思想自由，我和他在讲台上跟另一个班辩论。最后那个班的人都站起来，跟我们吵。眼看控制不住了，舟舟跳下台，将那个挑事的人揍了一顿，会场又恢复了秩序。过了非典，他也深夜带同学们去市里。他冲在前头,弄清楚前面又在砸车、又在烧火,就回来报信。最后一次,他拾着一根扫大街的扫把跑回来,说武警来了,局面不稳定。我们一道往人群尾部跑。最后吃晚饭时,他愤懑地摔掉一只花碗。

吃完盘里的老鹅,我问他为什么要骑行。他说就想磨炼磨炼,我给他斟了一杯酒,他抿了一口,脸红了,连头发深处的头皮也发红。他说,其实是摊上了一件事。他说,毕业后,他四处找工作,最后在烟台落脚,给一家布料公司跑业务。我说怎么跑?一卷卷扛着吗?他鼻子里喷出一点气,拿过菜单翻了又翻。说就是这样跑,拿着一个本子,本子里每一页都贴了布样。跟西服厂、床单厂谈花色和布质就行。他说,那半年他跑遍了东北三省,再也不想看见饺子。后来,谈了一家军工厂,两百万的单子,谈妥后,厂里生产几卡车的布料,运过去后,才发现上面的斜纹错了。我看错了花色。他说。舟舟喝尽酒,眼睛里有了点血晕。那几卡车布料废掉了。他说扣两个月工资不算什么,只是在公司里抬不起头。

在我这里住了两个月,他也没找到像样的工作。他闲在家里,也看起书来。开始是时尚杂志,后来也翻翻古诗。晚饭后,他靠在沙发上看王维。他突然坐正,从书里抬头说,我准备走了。我问去哪里?他手机上转给我一条消息,是某个寺院在招人,地点在西安。他说,三个月,吃住全免。我问是不是骗子?他说应该不是,早上打过电话。我说寺院还有电话?他说有的,那边人说,每天还可以看电视。听舟舟的口气,他是想去寺院白吃白住。他又说,顺便想想今后的打算。

我帮他买了车票。过了几天,他发给我一张剃度后的照片。他原本头发短,剃光了也不觉得有什么大不同。他说庙里很清苦,早上四点半起床,去山上挑水。我以为和尚挑水,只会在故事书里有。过了半个月,他说身体恢复了很多,也戒掉了看手机的毛病。那时我觉得他终于安定下来,在寺院里生活也不错。按他的性格,长待下去,也不是不可能。只是我担心,他是因为好奇,还是在逃避社会呢?

但是到了四月里,飘起了梧桐絮。他突然来电话说,他春节时下山了,现在一家餐馆打工。原来那行呢?他说不想干了,想找不费脑子的工作。

往后几个月,他似乎每天都在加班。我们就很少来往了。

一进入六月,气候晴雨不定。宋人赵师秀写,黄梅时节家家雨,青草池塘处处蛙。池塘不多见了,蛙声在草科里经常听到。雨水多的几日,蛙声更是聒噪,把夜叫得一阵阵凉。

上午都在下雨,屋内昏暗,醒来后以为到了傍晚。午后停了一阵,路面露出一块干地。我出了门,天空开了太阳,周围有白白的晕。气温热起来。我心想着,去车站应该不用伞。正当穿过一排广玉兰,雨又落下来。

我接到他们时,雨正是大的时候。舟舟个子高,在人群里一眼就能望见。他拖着黑行李箱,身旁站着陈怡。舟舟也望见了我。他走上来,揽开胳膊抱住我,因为身高的差距,他的拥抱更像一个熊抱。

打了一辆出租,聊起近况,他说了很多工作上的事。他语速快,我看着打表器,神经不觉紧张起来。跟舟舟在一起就是这个好处,不用花心思找话题,只要问他一句什么,他就能由点及面。我从后视镜里,看了一眼陈怡。她望着窗户,心思好似在雨中飘忽。车速加快了,玻璃上的水在横向流动。

前两天我订了酒店,告诉舟舟后,他微信发我三个惊叹号。我说,不贵的。他又发了三个问号。到了晚上,他大概下班了,给我打电话说,实际上只待两天。我说,那只有沙发。他说,沙发就可以。我把客厅收拾出来,并拢两张沙发。关上卧室门,也算两室了。

推开门后,客厅整洁,地板拖洗一新,花瓶插着两株天竺葵。平时一个人邋遢惯了,看到能打扫成这样,多少有点惊讶。舟舟各个房间都打量了一番。我去烧水泡茶,陈怡在客厅里走动。你还养了蜗牛?她说。我点点头。这才想到她并不能看到。一天雨后捡的,我小声说,那以后我一直将它囚在透缝的玻璃罐里。

坐下后,舟舟抹了一把头,从后脑到前额。他抬起头说,这边除了瑞金、华山,还有什么好的医院?我没有去想哪家,而是感到一阵突然。想到舟舟腰部的囊肿,我对陈怡说,看来,你没照顾好他啊。陈怡脸上没有荡漾起笑容,反而苍白下去。我又去看舟舟。他从背包里,掏出硕大的CT照。照片里两边的肋骨分明。这时我才知道,他们并不是来游玩的。

我们沉默了好一会。趁着陈怡去卫生间的工夫,舟舟凑到我跟前说,是体检时发现的。去医院复查,说不容乐观。他指着右肺叶半截烟盒大的黑块。我说她不抽烟吧?他说不抽,我们都不抽,家里人也不抽。陈怡回来后,舟舟就闭嘴了。我说,明天去市里看看。

晚上点了外卖。吃了一点蔬菜,陈怡就想休息了。我在沙发上铺好被子,调好空调温度,关上门,躲进了卧室。舟舟走进来,坐在床头。他双手捂着脑袋,鼻息凝重。他想说什么,又没有开口。最后推门出去了。

我用手机查了几家医院。有家专科听人说过。定下计划,我在黑暗里躺着,客厅里没有任何响动,大概坐火车太累了。附近建筑工地仍在施工,能听到挖掘机使劲时的沉鸣。我想起初次见陈怡时,她扎着马尾辫,还未脱高中时的学生气。她的家在韩城,舟舟跟我说,司马迁就是韩城人。到了五一长假,她准备回家。我说,我和舟舟也去吧。她说好啊。住在县城里,她带我们逛了三天。最后她

苍白的心 / 139

带我们回家,她母亲热情地煮一锅面。她领着我们去山坡上,那里一大片矮树,开出星星白花。她说,那是花椒。舟舟抹了一点花粉,涂在手掌里说,哇,这就是花椒啊。陈怡说,过去一到暑假,她就来采,从清晨到傍晚。采多少就能挣多少钱。她家也是靠此生计的。她翕动着鼻翼,脖颈上出了汗水。不难想象,少女时期的陈怡,背着大竹篓跌跌撞撞的模样。她大概是要踮起脚尖,额头也晒黑了。

现在想来,她身体不好,跟那时受苦是不是也有关系?我这样想着,意识滑进了睡眠。

到了后半夜,我在痛苦地醒来。我回想刚才那个梦,我变成一条大鱼,在海洋里游走。过了一千年,海洋水位开始下降,我只能沉到海底。又过了一千年,海洋干涸了,周遭变成了沙漠。我从海底爬上岸,变成了人。但是身上还是鱼的鳞片。我顶着烈日在沙漠里,走啊走啊,身体在溃烂,喉咙像个煤炉。远处有个木屋,我腿上没有力气了,只好用手走过去。我爬进屋子,看到石凳上有半杯澄澈的水。我慌忙捧起来,往咽喉里倒。但是水怎么也流不出来。水像是固定住了。我躺在地上,一点点渴死了。天亮前,我辗转在这个梦里。听到敲门声,我看了眼手机,已经八点半了。

舟舟做好早餐,还热了三杯牛奶。他这样忙活着,好似他才是屋子的主人。

九点前,我们赶到市专科医院。办了挂号手续,我们坐在候诊室里。舟舟搓磨着号码纸,陈怡望着CT照,一声不吭。我抓住舟舟的胳膊说,没事的,不会有事。他咬着嘴唇,点点头。其实我心底也在打鼓。

叫到号,医师端坐着整理衣领,也不抬眼看我们,说说看吧。舟舟将CT照拿给他,说那边医生说要手术,我们想再确诊一下。医师用眉梢看了他一眼,小心转动指根的戒指。他将CT照搁到强光底下。舟舟有些着急,用手去指腹部。医师推开他的手,有些厌烦。医师转过身来,他脸涨得通红,像在忍住不发脾气,你叫我怎么说?我们想听他发落,但是他扔下CT照,瞪着舟舟说,别的医院要手术,我说是良性的,将来出事了,岂不是我的责任?舟舟像挨了训一样,点头说是、是。医师喘着粗气,舟舟趁机说,那怎么办?医师站了起来,说你们真是年轻,不要到处乱问了,现在最要紧的是赶快手术。

他们很远赶来的,就是怕弄错。我说。

哪里?他问。他突然较真了。

西安那里。舟舟说。医师皱了一下眉头,似乎在想方位。他看了眼陈怡,往椅子后面靠了靠。他说,这样吧,你们要有心理准备。我给你们开张单子,我尽快安排手术。

我们拿了那张单子,走出了医院。他们两人都慌了,不知道要不要去另一家医院。我带他们去对面的快餐店。我说吃完饭再想办法。我给舟舟点了卤肉饭,陈怡说只想喝点果汁。

舟舟吃了几口饭,我说下午再去另一家看看。舟舟嚼着一根青菜低着头,我问怎么了。他歪过头,抹了一把眼睛,说行。陈怡想了一会,说我们还是回去吧。听她这么说,我们都望着她。只有她还保持着冷静。她说,问过就死心了,还是回去吧。

问问别的医院?我说。

不看了,她说,我不想看了。

晚上,陈怡想烧一桌菜,舟舟去附近菜场。她坐在沙发上无事可做。她问我,平时看的书呢?我指着墙角堆垒的书籍,上面盖了一层旧床单。我现在都在电脑上看书,那些纸质书都堆在一起。有时看过的新书杂志、用过的本子和画册也堆在里面。许久没有晾晒过,揭开床单后,有股霉味。陈怡干脆坐在一摞书上,翻了起来。

你没有找女朋友吗?她问。她拿起一本《日瓦格医生》。

家里让相亲过,都不合适。我说。

明年你就三十了吧?她说。

差不多,我们不是同岁嘛。我说。

她放下书,又拿起一本。似乎那本也不满意。她就一本本往底下翻。她拿出一沓杂志翻了几页,也丢到沙发上。我正要推荐詹姆斯的书给她,她从书册里抽出一本大书,那书又宽又厚,大概很显眼。可能是杂志的合订本,或是盗版作品集。我看了一眼,才发现那是一本相册。我想要拿走。

没什么可看的,你还是看书吧。我走过去说。她抬起头,紧紧抱住相册。她仰着脸,装出一个阴森的笑。是不是有小时候的裸照啊?我说,这是个空相册。她并不管这些,直接翻开了。

没什么稀奇嘛,只是毕业照。她说着,又翻开一页。都是大学时候的照片。有一张是去郊游时拍的,我们站在老旧的炮楼上,又有一张是在湖上划船。舟舟狰狞地看着镜头,陈怡的头发湿透了。她翻着照片,小声说,怎么每张照片都有我啊?她翻到后半部分,只剩一些单人照,有些是裁剪后的,有些只是半身照。到了最后一页,整齐地贴满了她的头像,每个头像都有不同的神情。我想到阳台上透透气。

她放下相簿,小心退到沙发上。我看着地板站在原地,感到墙壁在倾斜,脚下棋盘状的条纹让我晕眩。我想到舟舟那个漫长的电话,他说,陈怡跟他在一起了。那是他在餐厅工作的第二年。陈怡因为想家,也回到了西安。后来我想他离开寺院,也跟此有关。

我收起相册,说做着玩的,没什么大不了。她点点头,没有看我。我看着她的嘴唇,带着一点血色,我走近两步,又停住了。这时敲门声响了,她受了惊吓一样,抓起一本杂志,在手里翻。舟舟提着菜走进来。他勾勾手指,示意陈怡跟他一道进厨房。

我用床单盖好书,坐回电脑前。我浏览着网页,心思却不在任何一则新闻上。没多久,舟舟端上一盘菜,我看着陈怡系着围裙的背影。半个小时的工夫,菜都上齐了。我去收拾桌子,陈怡满头汗水走出来。舟舟说,你怎么心不在焉的?陈怡说,可能有点累。

吃饭时,我吃了一口鱼腩,舟舟问我如何?我吃出一点苦味,但还是说味道真好。舟舟似乎有点不高兴了,他说味道没有家里烧得好。陈怡低头舀着蛋花汤,默默喝着。

舟舟说,他准备周六回去。刚才买菜时,他给西安的医生打了电话,医生说,现在床位紧张,提前进来也没有必要。先安排她周一住院。我喝着茶,看了眼陈怡。她的目光已不避开我了,她说都可以。

她站起身,走到冰箱那里,拿出一杯牛奶。那是她早上喝剩的,只有半杯。她抬起杯子,想要喝一口。但是牛奶不知怎么没能流出来。有那么一瞬间,我又感到梦里的那阵焦急,想到沙漠里的那杯水,耳边仿佛吹过阵阵热风。牛奶凝固了?舟舟问。陈怡说,不是,冰箱温度低,冻住了。

这句话就像一则提示:冻住了。原来在梦里喝不到水,是因为冻住了。如果在梦里想到,我就能活下来,找到另一片海。我猛然觉得世界变了模样,那些规则和道德,就像棋局一样,将人网在其中,除了前进,就是后退,没有迂回的可能。但是意识到杯中盛的是冰,而不是水,那势必出现第三条道路,那就是摔碎棋盘。

我带着一点挑战心理,望着陈怡。我看着她的眼睛,期待那里扑朔起一点火焰,但是那里却是木然的,一点遗憾、哪怕疑惑的眼神也没有。我曾经为那双眼睛而疯狂。如果大学时,在舟舟走近她之前,我袒露了心迹,后果会是怎样?我想起大学三年级,我私下约陈怡打羽毛球,结果球飞到了围墙外。我们翻过围墙,看到不远处有座不大的庙,她好奇想走进去。庙门狭窄,进去后才知是两进的院子。石板路中间种了一棵海棠。厅堂有尊佛像,她拉着我一起拜了拜。拜完后,才发现那是尊月老。她嘻嘻笑着,说对不起,我没看见。正说着,月老后面闪出一位方丈,他持着念珠,问施主从何处来?我们吓得转身跑了出来。我们沿着门口的小径,一直走到学校围墙附近。她抓起一颗石子,写我的名字。我也抓起一颗写她的。如果那时从身后抱住她,或者鼓起勇气问,可以吻她吗?事情会怎样?

一时间,内心涌起两股截然相反的情感。一方面,我想告诉他们我的真实想法,跟舟舟大吵一架,再不往来,从此我就能解脱。一方面,我只想安心当一个失败者,在不为人知的时候,一点点咀嚼着苦楚。人们为何要因为人情,而留有交往的余地?我渴望强烈的爱与恨,但我也心知在两种力面前,我只是一个羸弱者。

我放下筷子,小声说,你们明天就回去吧。舟舟好像没有听清,我又说,你们明天就走吧,不要在这里待了。

我走进卧室,关上了门。他们可能愣住了,没来得及说一句话。

我躺在床上,听到他们在收拾碗筷,小声说着什么。我缩进毛毯里,过了一阵子,舟舟来敲门。我没有说话,他小心推开门。床角下陷了,我知道他坐在那里。

这两天麻烦你了。他说。他先客套起来。

又没帮上什么忙。我说。

你还……舟舟说,你还爱着她吧?

我坐起来,昏暗中看到他的眼睛。陈怡告诉他了?舟舟这样问,我像被端在那里。之前愤懑的情绪,池水一般泄空了。我吸了一口气说,都是以前的事了。

你生气了?他又问。这样的问话让人反感,就像在那个漫长的电话里,他问,他跟陈怡合适吗?其他人会不会觉得好笑?

不好意思,我刚才表现不好。我说,可能我还要过一段时间才能接受。

接受什么?舟舟问。我没有说话,他自己点了点头。

你们住着吧,随便到什么时候。我说。

那就好。舟舟说。我想他是看重物质上的情义的。我逼绝的内心,反弹出一点希望来。

陈怡手术后,我想去看看她。我说。

可以啊。他说,他看着我,如果手术不成功的话。

我吓得跳下床,不成功的话?你是说她死了?她死了,我才能看她。

我也不想这样。他说。他站起来，床角弹了起来。他关上门，走了出去。我瘫在床上，呼吸的力气都没有了。

第二天醒来，客厅空荡荡的。沙发收拾整齐，被褥也叠好了。茶几上放着做好的早餐。我在沙发上坐下，看到粥碗底下压着一个纸包。纸包上写，我们赶六点的火车，就不打扰你了。我打开纸包，里头包着一百元钱。这多少有点互不相欠的意思。我发去短信询问，舟舟却没有回我。

我呆坐了一会。桌上的玻璃罐是空的，没有人为的迹象。缝隙处留有干掉的黏液，黏液通往地板，我跟着去寻找，那条黏液凝结的道路，一直通往阳台。我在窗台上，只发现最后一段黏液。这天早上，蜗牛不知何时离家了。

我看着洗衣机后面的大包，觉得从没有过的拥挤。我换上脏衣服，重新将包拉出来。我拖着袋口，去厨房找地方。越过茶几时，袋口松掉了，掉出一捆香烛。

晚上，我拿出一把发霉的陈香下了楼。老人在过道里闲聊。走到外面的田垄上，五月初，没有割尽的茼蒿，开出米黄的花盘。香樟林旁停了几辆挖掘机，我穿过去，摸索着口袋里的打火机，但是远远看到，那一层厚厚的香灰散乱了，中间只剩下两道宽阔的车辙。

窒 息

春萍刚到南桥做买卖时，人们只知道她是雪田来的乡下姑娘。也许，在他们看来，她是位干净的乡下姑娘，她穿一身素，鞋面掸得雪白，袖肘没有丝毫褶子。站在石板街上，呆呆地望着棚顶的灰铁皮。她说话谨慎，对新环境保持着距离。除了这些小心翼翼之外，她还有着新婚期未脱的羞涩，是那种身心还像草木一样生长着，生活却将她推到人世跟前。

香料铺开张的时候，人们看到那个叫麦安的人，他骑一辆旧摩托，身上还套着板厂的蓝制服。他见人就散烟，搬着小茴香、肉桂、花椒的纸箱忙里忙外。到了傍晚，他赶去厂里值夜班，他跟附近的商户打过招呼，拜托几句，递上烟。之后，踩着油门便走了。好似新婚的妻子就这样拜托给了南桥，拜托给了南桥各家商户。

很快也有了肚子。起初还不耽误进出货，到了秋冬，走路都要扶腰往后仰。铺子关了个把月，再开张时，春萍已经抱着小满在清账了。又过一个冬天，小满能在各家店里串门,吵嚷着要吃的。小满在菜场的日风和气味里养着,好似先天的营养环境,小婴儿跟头小兽一样,比同龄孩子更高更敦实。香料铺的门脸扩成两间时,小满已经在幼儿园读中班了。

现在的春萍,养成了慢悠悠的习惯,走起路来,丰腴的身体在宽松的套裙里撞来撞去。下午没有顾客时,她喜欢在躺椅上午睡。在香料房待久了,她能分辨出每种香气的来源。两点过了一刻钟,她揭开绣着早樱的毛毯,解下花围裙,换上外套。卷帘门拉下半脸。她走过两条街,来到一家旅馆。老板陷在躺椅里,午睡未醒。她爬上二楼,走向尽头的那间。房间阴湿,烟味未散,电视打开着。正当她为这小把戏感到厌烦时,有人从身后抱住她。她扭动着,身体自然地滑到了床边。他身上有股车里的汗腥,蓬乱的头发和穿旧的衬衫里,到处沾着这股味儿。看来,他又拉了一天的客。这股味道将她带向那个遥远的夜晚。

她记得他开着车,驶出城区。在郊外的采石场里,他扑到她胸口。因为光线的缘故,她看不到他紧致的后背和结实的臀部。两人弄得满身大汗,她拉开窗户喘口气,半边天满是星星。她没有想到,他们会从一串电话号码发展到现在的地步。就在这个时候,那个男人告诉他,他在各个县城跑客,有时住旅馆,有时找家浴室也能躺一晚。除了每月回趟家,他居无定所。正是这个居无定所,打消了她上车以来的种种犹豫。交往的这个男人不同以往。

到了这一次,他已经懂得张弛有度了。他搂住她的腰,手掌往腹部试探。她褪下胸罩,身体游进棉被里。底下暖烘烘的,她右手拿出被子,摸到大衣口袋。那里有两片肉桂。她注意力有些涣散。电视里在播一部纪录片。留意几个海胆的画面,她弄明白这是讲潜水。她神志恍惚起来,水面越来越遥远。他小声地喘息,将她从海水里打捞上来。他已经在做最后的准备了。她锁骨泛红,那一阵潮水涌上来时,她体内的神经猛烈地弹了一下,肉桂在手掌里,搓揉得汗湿。她忍不住喊出他的名字,"李瞳""李瞳"。临了,她抱紧他,在他的后背上抓了一把。他身上也有香味了。提上内裤时,她这样想。

走在街上,阳光让她满足。她在货摊旁站了一会。她给小满买了一打棉袜,又给麦安挑一副挡风的绑腿。之后,她准备去锁上店铺。

从什么时候开始的?她简单收拾一下,走出门,美美地干上一个下午。

来南桥头两年,下午空闲的时光,她都昏昏睡了过去。要是睡乏了,她坐起来看言情小说,有的在手机上,有的是书店租来的。中学辍学的那一年,她就迷上了那些虚幻的故事,从老版的《玉梨魂》到琼瑶、席绢,再到如今网上离经叛道的浪漫小说。她沉浸在幻想里,她想象南方阴雨绵绵的黄梅天,她知道总有峰回路转的时刻,雨中接吻、私奔后的新世界。每每那个时刻,她身体异样得热烈起来。

除此以外，她时常感到厌倦，对任何事都提不起精神。时间一长，生意也懒得打理了。她趴在躺椅上，躺一会竟会流出泪来。为此，她花了一笔不少的钱，订了一份时装杂志。上面迷人的服装首饰，总能在一瞬间，让她出离眼前的世界。

往后，她接触了几个男人，他们要求的姿势都很相似。先前的一个，扑到她身上，爱咬她的脖子。在他的建材店里，掩上门，她躺在柜台面上，从墙上方镜里欣赏他肌肉绷紧的双腿。先前来她店里买调料，他总爱拖住塑料袋摸她的手背。她没有拒绝。两人的关系维持了一阵子。有天早上，有人来店里称了两斤花椒，装袋后，那妇人迟迟不肯付钱，只是接过扔到地上，撂下一句话：把你那货收好。

让她舒心的是一个瘦弱的男人。跟他做爱，就像抱着一把骨头。但是他的温柔是来自骨子里的。他文火慢炖，从没有着急的神色。往往是她先没了耐心，骑到他腹部。他白白净净，脱光了也白生生的。高潮时，他一脸苦思的表情。这样看来，他倒不像个厨子，更像教书的老师。从他来店里采购到后来的见面，他们总有说不完的话。他说，他烧菜时，爱用大料，大料中最爱香叶。她喝过他烧的汤，喝完后身体一紧。不过在一次高潮中，她说她想离婚，要他娶她。他立刻软掉了。

拉上卷帘门，她想到下午时，李瞳在被窝里打开手机照明的怪癖。近来她发现他身上不少的小毛病。在人前人后,男人总是不一样。刚坐他车时,他大大咧咧,说话也客气。她只把他倒水、聊闲话的殷勤看成一种好心眼。在临县进完货,她看到他在近处揽客。她有些讨厌他的小心思,但是当车开到她跟前时,她还是迈上了台阶,并将大包货物放到邻座上。搭过几次车,她仍没有高看过这个人。他长得黑,还有点金鱼眼。赶上春节,她再去城里,她站在路口,没有等来那辆旧面包,倒是冲上一辆轿车。车盖有道隐隐的白光,并不显眼。李瞳摇下窗户,说面包卖了,换辆小车跑客。她拉开门时,后座已经塞了三位客人。她心慌地上了车,从后视镜里,她的眼睛不时碰到后面。他们目光犹疑,带着一丝畏惧。她系安全带的动作,古怪而笨拙。她偷偷抚摸座椅光滑的皮套,背脊上酥麻麻的。一股幽香飘来,她本能地找到了来源,那只湛蓝、漆了荷花边的玻璃瓶。这时,脚底下升起热烘烘的暖气。她开始坐立不安了,她感到身体的热度在上升。她隐藏好自己的心慌,说了几句闲话,幸好,他笑得还像过去那样,上槽牙支得老高。他随手灌进一张盘,梅艳芳深沉的歌声传出来。原来,他也是有一点品味的人。伴着哀怨的《女人花》,她一点点放低了自己。

回到雪田的家,小满哭着迎上来,我讨厌爸爸、我讨厌爸爸。她抱起小满,往里屋走。果然喝了酒。麦安坐在床边,身体轻微摇摆。平日放工后,他不是打麻将,就是喝酒。打牌比喝酒好,牌打到深夜,她还落个清净。今天情况更差,沾了麻将也沾了酒。他骂上家藏了牌,眼睛在地板上摸索。一脸要吐的模样。春萍带上门,留他一个人待着。

她在耳房烧好饭,麦安走进来,端起红薯粥,就到嘴边。一顿热饭下去,他腮帮泛红,鼻头出了微汗。"还真以为我醉了?"他重重地搁下瓷碗,"诈和!"小满搅动指头,不明白爸爸说什么。而一旁的春萍,笑得丢了筷子。她望着这个酒后虚弱不堪的男人,慢慢觉出他的好来。

回房时,床边一摊湿迹。就算偷偷清扫过,屋里仍留有来自腹腔的怪味。电视里在播枪战片,她蜷进被筒,酝酿着睡意。快要梦到一个人影时,麦安抱住她,褪下她的三角裤。

过去为了不露出马脚,她保持做爱固定的频率,说话的范围都在家庭和生意上,麦安还没敏感到能在微妙的气氛里,捕捉可疑的痕迹。她自以为瞒住了这个男人。早先相亲时,面对说话紧张的麦安,她就有所预料。婚后,麦安自然事事顺着她,去县里开铺子也是她的主意。她知道麦安只想待在镇上,过按部就班的生活。他就像算盘上的木珠,你不去碰它,它就待在原地。

现在这颗珠子起了腻,她勉强抱起膝盖。麦安从后面进入了。她品尝着辣心的涩感,头在枕头上摩挲。她抓起遥控器,缓慢换着频道。她想在旅馆里,看到潜水的画面。那是电影的片段,还是广告的一部分?麦安一个劲儿地往上顶,她知道时间差不多了。电视停在一档购物节目上。屏幕上正展出一套精致的餐具。她心算着费用,等待体内那根神经弹起。但是没到那个点,麦安便拿了出来。她用脚丫钳他腰上的肉,麦安摇着头,呼呼要睡去。

这一夜,她睡得不安稳。醒来后,浑身疲惫。她看了眼手机,快十点了。床头的钱包打开着。看来,没做早饭,小满拿了早饭钱。到南桥时,家家都出了摊。她躺在躺椅上,挨到中午。她寻思去小满的幼儿园看看,但在躺椅里睡了一会,她又打消了这个念头。没到两点,她有些烦闷。她走到往常的那家旅馆。

打开房间,里面重新收拾过,弥漫着消毒水的气味。她打开电视,等李瞳来敲门。

这一回,她找到了那个频道。安静的海底,隐约看到浮游生物。有两个人在游动。他们穿着黑色皮衣,提着巨大的手电,靠手势引导上下。在床上躺了一会,她想象自己沉到水下,绷紧一层青蛙皮。她伸出手去,抓不到也摸不到。她睡到浑身冰冷,她想到那片嘴唇在手机照明里亲吻她,给她温暖。醒来后,她心不在焉地坐起来,发现底下潮了。

她在浴缸里放满了水,将身体盛进去。她捏住鼻子,用力往脑门充气。练习了几次,她听到耳膜噗地鼓起了。脑袋嗡嗡响。节目里是这样要求练习耳压的。耳膜鼓起后,听力封闭了。她憋了口气滑到水里,任浮力将她托在当中。

她期待的并未来临,周围的一切太拥挤、太温暖了。

她带起一身的水,离开了浴室。那档节目过去了,屏幕上一群斑马在奔跑。快四点了,李瞳还没有来。走回南桥时,她才拨了电话。无人接听,不出所料。坐在铺子里,她清点了账目,点数纸币时,她顺带数了钱包。添上旅馆的钱,总数跟昨天的一样。小满为什么没拿早饭钱。拉上卷帘门时,春萍自语。

晚上,她炒了盘蚕豆,肉丝烩了青椒。小满趴在凳子旁啃笔头。春萍问她,早上吃的什么。小满说吃的茶叶蛋。喝的呢?喝了热牛奶。多少钱?春萍放下盛菜的勺,小满说五块。春萍刚要问,小满又说,爸爸给的钱。盖上锅盖,小满合上课本,说我讨厌爸爸。春萍疑惑起来。小满噘着嘴说,放学后,爸爸没来接我。我一个人走回来的。爸爸呢?春萍问。小满不说话,抱来凳子要吃饭。

坐下不久,屋外响起马达声,麦安熄掉火走进屋。他自顾拿了碗,在春萍肩头上摁了一下。指头上有股很重的烟味,现在他抽烟了,还抽了不少。原本春萍就有气,现在更想说他几句。麦安夹起米饭,在口腔里漫不经心嚼着。他望着瓷盘里的蔬菜,丝毫没有动它们的意思。偶尔抬起头时,眼白却是红的。

吃完饭,他把碗捧在手里转。又输钱了?春萍剜了他一眼,要去洗碗,却听身后小声说,昨晚,我起夜回来,帮你看了一条短信。春萍"嗯"了一声,往锅里添洗洁精。我就想问问,这个阿童木是谁?麦安说,用指头抹着碗边。春萍身体冷了,好似静电在身上走了一遭。她笑起来,用抹布揩手,说一个常来买茴香的小叔。哦,那你给这个小叔打过不少电话吧?麦安从怀里掏出一卷纸,纸上搁着一张身份证。麦安看她一眼,背手出去了。

有那么几分钟,她不知要做什么,太多的事向她涌来,手里的碗筷滑到锅底。她擦干手,划开手机,这一天她都没想起要看看短信。短信只是平常的一条:明天有事,就不见了。她怀疑麦安翻了之前的几条。她收起自己的身份证,摊开那一卷纸。那是她半年来的通话记录。她能想象麦安急匆匆地跑去营业厅的模样,他焦急地等待着,甚至期盼没有任何值得一说的记录。看到那一串相同的号码,他当时在想什么?他会不会想要杀死一个人?她早该查看一遍床头的钱包。

她收拾了桌子,带小满去洗漱。看着小满入睡后,她突然紧紧抱住女儿,亲了她一下。回到房里,麦安躺下了,电视关着,床头柜上搁着皮带。春萍小心解开扣子,不敢脱衣服。她上床后,麦安动了一下。他要打她?或是扒光衣服用皮带抽?面对这样的事,她也难以料定。就算他扇了自己耳光,她也只能承受着。这是风雨前的宁静,但是风雨迟迟不来。

躺下后,她听到麦安凝重的呼吸。过了一会,那呼吸又轻了。"你是让人下了迷药了。"麦安清了嗓子。我也不知怎么办？她在心里说。麦安不说话了，呼吸又凝重了。她想了会心思，睡意袭上来，下午时，她就有点感冒。她想着闭会眼再琢磨心思，可一松懈下来，她就睡着了。迷糊中，她听到有人在屋里走动。她睁开眼，抽屉、衣柜都敞开了。麦安在翻东西。他什么也没有找到，他焦急地折回床边。

他抓住她的肩膀，摁进枕头里。他住在哪里？操了你的那个人，住哪里？麦安抽过皮带，拴住她的脖子。这时，她才清醒过来。她挣脱着，连连咳嗽。麦安压上来，将铁扣往里紧了一格。麦安又问了一遍，索性勒住皮带一头。春萍面色惨白，眼泪都快沁出来。她用力喘气，用鼻子用嘴，但是空气沉不下去。她踢着腿，脸部发胀，眼前眩晕，黑暗中有小亮点在闪动。她呼吸越来越浅，快要窒息的那一刻，她脱口说出那片街名。具体哪里？麦安仍没有放过她。他从她喉咙里掏出最后几个字才罢休。他扔下皮带跑出了门。春萍慌张地解开皮带，往肺里大口大口地填空气。刚才的惊吓让她喃喃自语：最西边，最西边那家。

镇定下来后，她想到那件紧急的事。她夺门追出去，但是摩托已经发动了，喷口黑烟，冲了出去。她跑到屋后，站了一会，那道微弱的光亮驶上大路，踽踽远去了。她走回里屋，脚边碰到一个人。她缩回脚，眯起眼睛才看到小满蹲在门边，她睡着了。原来她一直守在这里。她抱起女儿，躺倒在床。小满在她怀里翻了个身，她抱紧小满的头，

窒 息 / 159

心思开始混乱了。

她在噩梦里多次醒转,她梦见很多人在追她,她爬上通信大楼的楼顶,楼底下人人都在高喊,有人涌上了楼梯,手持刀叉,看来他们是要杀她。她不知道是自己疯了,还是世界上的人疯了。似乎只有抓住她,他们才能平息下来。这样一想,她心底柔软了,觉得自己真渺小。她愿意牺牲自己,让人类变得善良。但在她等待就义的时刻,走上来的却是李瞳,李瞳浑身鲜血,滑在她脚下。麦安跟在身后,抱着钢刀两眼通红,他又在追问,是不是还有别人?是不是?现在她猛然明白,疯狂也是人性的一部分,她知道她能做的不是去拯救,而是尽快醒来。

她早早送小满上学。坐在店铺里,她把花椒当小茴香卖掉了,称重量时也时常看错数点。经顾客提醒,她才发现找错了零钱。上午稍好一些,毕竟还有顾客来打岔。到了下午,她完全沉浸在胡思乱想的焦虑中。她把那本《烟雨蒙蒙》翻了好几个章节,最后发现仍然停在同一页上。那一页,日本人来到了上海。她扫了两行,仍没能缓和一点心绪。

昨晚她随口说出一家供应商的地址。她丢下书,望着手机上那个座机号码。看了十多遍,她终于有勇气摁下绿键。接通了,不像一个好兆头。她询问了,搓手等着。那头说没见人来家里。她点点头,她忘记那边是看不到她的。过了片刻,那边又问,是上门收麻椒的?春萍支吾过去,挂了电话。

她在店里转了一圈,又给李瞳打电话,仍然没有人接。一个念头抓住了她,麦安找到了他?李瞳死了?她坐在店门口,痴痴地望着落在棚顶的鸽子。这时,有家干货店传来邓丽君的歌声,她的心思跟着《甜蜜蜜》在空中飘浮。不知停了多久,新闻联播的前奏打断了缥缈的歌声,她拍了一下大腿,跟自己说,呦,小满早放学了。

等她赶到幼儿园,学生都走光了。小满在教室里睡着了。她背着小满往家里走。

走到家时,天还没有黑下来。有辆警车停在门口,后车门敞开着,民警正横躺着。她走近时,民警坐起来,哗啦一声侧下车。这是刘麦安的家吧?她点头。你是刘麦安的家属?她点点头。那上车吧。民警咬着指甲,另一手拉开门。他早等得不耐烦了。

她抱着小满坐进副驾驶。车拐上马路,她小声问,要去哪里?民警打量着她,又打量着她的孩子。没多远的。他说。她不敢再多问了,她只愿把心思集中在眼下。那件可怕的事情尚且遥远,但事与愿违,车速开过了六十迈,一路上路口都是绿灯。

有电话打进来了,她将小满挪到另一只手臂里,接了电话。那边说了几句话,大概意思是出车去外地,去了好几天。她这才听出是李瞳。

你说话啊,这会儿忙着呢?李瞳问。

没有，她说，没在忙。

昨天，有个疯子给我打电话，开始是骂人，骂得七荤八素，后来就疯言疯语。不会有什么事吧？李瞳说。说到那个疯子，春萍突然想哭出来。

哦，没事的，大概是哪个卖房子的吧。春萍说。

现在这个社会都乱了，李瞳说，我明天就回去了。电话那头等了等。

回来再说吧。春萍说。她看了眼民警，他扶着方向盘，一面咬着肉刺。手指上的指甲秃尽了。她挂了电话，手在口袋里搓揉，那一把小茴香快脱了皮，沾满了护手霜。

他们在石墩桥旁停了车，河岸边有人在走动。民警领着她，往下游高草深处走。劈开一处小道，能看到其他几位民警。在人与人的缝隙间，她看到麦安裹着昨天晚上的夹克衫，躺在地上，很不起眼。他浑身湿透，一条腿丢掉了，关节处溃烂，露出了骨白。走近一点，他的整个身体浮肿，脸上只剩左边的皮肤，右眼睛没有了，只剩一个黑乎乎的框。

他们在芦苇荡找到时，他就是这个样子。大概天黑，往南时撞到了石墩，冲下了桥。摩托也没法捞了。春萍打断民警的解说，往南？为什么是往南。民警指着石桥，桥上有轮子印，往南印子深。她想到那家供应商，他是中途回来的。他改变了主意，春萍说，他改变了主意。她捧住脸，奇怪的是，她闻不到任何小茴香的气味。

她小腿软了,跌坐在水滩上。小满醒了过来,她打量着四周,揉着眼睛问,妈妈,躺在地上的那个人是谁啊?

春萍体温下降,手脚冰冷。幽闭感四面袭来,周遭逼仄,透不进一点光。那一处深渊,到达了地球的最深处。那一刻,她仿佛沉到了海底。她感到窒息。

狐

米谷就是这样一个没有红白事便不会热闹的小地方。由京沪高速往北,跨过长江,经洪泽湖,上了三二七省道,路边伫起高大的铁牌:伊县欢迎您。舅舅裹件棕夹克站着,身边停着一辆车。

　　我跳下大巴,一头钻进的士。车身抖起后,计价器却不转。看来,舅舅跟他讲好了价。医生怎么说的?我没兜圈子。舅舅被这个突然的问题难住了,他哑吧嘴巴,说是没睡好觉,开几回药都没效。我拿去卫生院问小房,小房说,是安眠药。他朝窗外一甩,仿佛几粒药丸就在手上。小孩才多大点?医院就是害人。舅舅没话了,盯着外面,好似跟路边的冷杉较真。

　　车到伊小,正赶上放晚学。舅舅指向欣欣小卖部。我走过去,老虎机旁围满学生。我挑开竹帘,老板缩在藤椅里打毛线。小国坐在条凳上,盯着柜台上的方格桌布。布面摆了两色纸团。他一手捏白子,一手拿黑子,正犹豫让哪只手赢。我唤了他一声,他眼里掠过微暗的光,等呼啦跳下凳子,那道光又灭了。他退后两步,左手握在右手里,连表哥也没叫。走到车边,他躲开我们,挨进了前排。后视镜里,他拨玩着手指,偶尔撞见我的目光,又生怯地埋下去。

拐上一截土路,四面扬起干土,底盘摇得要散架。车内有点躁人。司机拧开收音机,播的是县城点歌节目。小国有点不安分。他趴到窗边摇窗户,的士打了个急弯,他发怒地捶打双腿。声音烦死了!他捂住耳朵。怎的?司机说。他一脚踩下离合,挂上三挡。车身颠簸剧烈。舅舅探头去劝,孩子头疼、孩子头疼。司机愣了愣,拉回二挡,却不去管收音机。电台里正在播邓丽君的《何日君再来》。

伴着甜腻的歌声,车停在大修厂。舅舅掏出钞票,掼了两下驾驶座,司机又往里开去一段。

下车后,小国跳下车,带头跑进院子。院门大敞,门楣上粘着干缩的白春联。院角的废铁堆还在,有几年时间,外公常去厂里捡边角料。早该清理掉。舅舅不止一次说。

厨房里,舅妈和外婆正在忙活。舅妈解开围裙,热乎地握住我的手。上中学时,我寄宿在舅舅家,每年回来,他们都很热情,把我当自家人。外婆站在桌凳旁,离我一段距离,笑一笑,没有更多亲近。跟春节前比起来,她脸色阴沉,个头也显矮。

吃饭时,小国不知躲到哪里。舅舅说不管他。舅妈白他一眼,端上米饭,填了几样菜,去外面找。外婆不会说客套话，桌上一下冷清了。她去盛番茄汤，给我们填米饭。过去她一贯埋头家务，现在神情里有更多厌倦。我想起冬天里，外婆伏在草席上，她向进出的亲戚还礼。凭吊完毕后，她已经站不起来。舅妈走进来，说小国睡觉了。我瞥一眼手机，才七点，就算早睡，现在也太早。她看出我的疑虑，说要是晚睡，他会头疼。我夹了几口菜，舅妈接着说，小国在学校犯起头疼病，不敢告诉老师，自己就往墙上撞。问他为什么要这样，他说，撞墙很舒服，撞着撞着，头就不疼了。我说，那怎么办？舅妈说，医院不能再去了，到其他地方看看。舅舅拖动凳子，挪了个位置，背对她。舅妈脸拉下来，冲舅舅说，自家孩子你不管，我还舍不得。关大姐哪里说错了，不试试你怎么知道。舅舅撂下筷子，说关大姐神神叨叨的，也不是正常人。做干货生意，还到处说闲话。

看来，他俩为这事吵过好多次了。可自始至终，我也不知道舅妈说的其他地方是指哪里，我更不知道这位关大姐是谁。

两人吵红了脸，都不说话了。外婆撵走他们似的说，都去睡吧，我要收拾了。

房间比较少，舅舅把我安排在表弟房里。他睡实了，呼吸声凝重。我悄悄躺在他一旁。关灯后，窗外鸣虫聒噪，在城里待久了，一时还适应不了。小国也不老实，睡觉踢被子，腿搭到我小腹上。我闭上眼，迷迷糊糊。不知过了多久,房间里有人在说话。我睁开眼,光线昏暗,表弟坐在床头自言自语。他低头,正翻我的包。我拉亮电灯,光线吓到了他,他捂住双眼。我想玩你的电脑。他说。我爬过去,掏出平板电脑。他点开"植物大战僵尸"。我说,玩一会,赶紧睡。他不说话,忙着种向日葵。临睡时我问他,你刚才在说话吗?没有啊,他说。我反倒不觉得奇怪。

你知道爷爷在哪里吗?他突然问。他种好了一排豌豆。我摇摇头。

爷爷在抽屉里呢。他说,他跳下床,走到写字台旁。僵尸吃掉他的豌豆,他也不管。他打开台灯,抽开木屉,递给我一张照片:外公扛着一杆老式猎枪,站在照片当中。他满脸白胡子,憨厚地笑着,肩上搭着两只灰兔。他的神情,让人想起海明威在古巴时的模样。

外公年轻时跟过陈庆先的部队,二十岁当上排长。一九四七年的夏天,团里接到一份延安的通知,要选派一拨年轻干部去南京学习,他是其中之一。当晚外公喝醉了,胡乱说起酒话。他踩实一张条凳,说自己能耐盖天。底下的兵起哄,问他有什么能耐?他摔掉酒碗,指着刚缴的机枪,说要是他抱着那杆家伙,营里没有一个人敢动他。

当时,国军直逼西河,战事紧张。两岸都是近村的发小。夜里,有忌惮他的人报告营长,说二排长要通敌。外公身边的亲信得到消息后,摸到外公床边,说营长要找他。外公这才酒醒,知道坏了。他夜袭兵营,扛起那杆机枪,往北跑去十余里。他伏在垭口,果然有追兵。连打掉两个,没人敢往上冲。大概,营长心疼自己的兵了。外公连夜跑回家,睡在柴房,两天不敢见人。

到了冬天,兵败的消息传进村子,他彻夜未眠。来年开春,部队又回卷了,一路南下,打到运河。外公端起机枪,对着一棵老榆,打光最后一排子弹。

"文革"时,外公因"拐枪投敌"被打成反革命。他套上草绳圈,被一群孩子拉着,在镇上游了四趟街。往后运动一来,人们要找个人去游街,第一个想到的就是我外公。

此后,他变得寡言,害怕说话惹事。他躲到河滩上开石头,直到大修厂翻新,招他当了钳工,他才偶尔出现在大小牌局上。我长到六岁时,他在厂里已经干了十多年。

那几年,外公常领我去上工。我在机器边捡废铁,囤上一口袋,能拿去换钱买冰棍。到了晚上,我和他睡在凉席上。往往到了半夜,我憋尿醒来,外公不见了,我迷糊着又睡去,等到天亮,外公正站在院外洗漱。

有些夜晚,门外响起敲门声,来人用脚踹门,等不及了,便往院里扔砖头。啪一声,我惊醒了。外公摸黑穿好衣服,握住我的小腿,说他朋友来了。我赤脚跟在后面。院门开了,手电照得人眼晕。来人一律蹚水靴,背着大竹篓。我问外公去哪里,他说,一会就回来。他带上门后,嘱咐我去睡觉。听到锁门声,我安心睡去。醒来后,外公回来了,穿着平日工装,正在吃早饭。

　　暑假快结束时,我扛着长竹竿,去后院打槐花。路过一间瓦砌的偏房,我闻到一股热烈的腥气,那种肉质腐坏、闷得过久的气息。透过窗缝,我看到中央端着两口大水缸,缸口用塑料布遮住。我丢掉竹竿,找到外公房里的钥匙。打开仓库,腥味扑鼻,还有微弱的响动。看到缸里数不清的小东西,我震惊地跑了出来。那时,我终于知道,外公一直过着两面的生活。

　　如果不是表弟久病不愈,舅妈可能不会想到那层事。早上,舅妈坐在院里,小声叫住我。她小声说家里出了怪事,夜里老鼠尖叫,像要密谋起义一样。有时大雨之后,霉斑长满一整墙,到处都是蚯蚓。有一回,围墙底下蜷着一堆干蛇皮,脚踝粗。最诡异的是一天清晨,一只秃毛的鹰落在屋顶,一块一块地啄瓦,碎瓦溜溜往地上砸。

　　正到精彩处,走进一位妇女,身着宽松的碎花布,发髻踞在脑后。扎上的银簪,像从古装剧借来的。舅妈抽出板凳,迎上去,边招呼着,这是关大姐。关大姐不拘礼,坐下后,顾自掏出卷烟。舅妈冲里屋喊舅舅,吩咐他去借辆车。

　　二十分钟后,舅舅开来一辆银灰小面包。舅妈把关大姐请上车。狭小空间里,关大姐挪到舒服的位置,说这营生跟开店差不多,就看顾客多少。舅妈也认这个理。车动

狐 / 171

了,关大姐又说,上回是我侄女,闺女刚满月。白天爱瞌睡,一到夜里就哭闹。哭急了,眼仁就往上翻。关大姐淡淡地扫舅舅一眼,说去过一趟,回来就睡安稳了。

开去二十里,路边有一排坟头,晃一眼就过去了。穿过一片田野,视野尽头拱出一排水电站,往后是一座村子,跟米谷没有多大不同。经过村口的柳树,关大姐说:再往里。舅妈"哎哟"一声,摊开手掌,说还空着手呢?关大姐挥手说,老年人不讲究这个。

小面包在塘边斜停住。这是间朝东的瓦房,院子里圈了两只四季鹅。屋檐下摆着三只小脚香炉,香灰盛得满满。关大姐凭空喊:婶子在吗?没等到回答,老鹅的破锣嗓子倒先叫。木门开了,走出位老太太,戴着发箍,下巴上有颗肉痣。普普通通,要说有什么特点,那就是瘦,又干又瘦,一阵风就能抬走。关大姐来引荐,这是王奶奶。她又补充道,这就是王奶奶。舅舅用眼神试探舅妈。舅妈到底是做生意的,说客套话都热情,奶奶,身体还硬朗吧。说着伸手去搀,王奶奶也熟练地接了去。两人惯性的动作,看去似有忘年的交情。

跨进石门槛,肩上稍感一点凉。半空盘着檀香,是房梁上细绳悬下的。靠里墙摆一张长桌,两头抵墙,上面不敬佛像,只有一盏香炉,形似小鼎。香前放了水果,软蔫、没有光泽。

王奶奶拖来条凳,坐定后,却不问话。关大姐坐到一端，说奶奶给看看，孩子头疼。王奶奶看看我，眼里有阵锐利的锋芒。舅妈说，孩子，八岁了，闹头疼。王奶奶说，我以为是这位大侄子呢？听她这么说，我反倒不自在了。孩子不大。她说，她通体打量舅妈。没等出口，舅妈擦着手背，说孩子要得晚。舅舅像听到什么忌讳，侧过身去。

舅妈说的是真的。舅舅小时候玩炮仗，炸坏了一枚睾丸，快四十岁才要上孩子。小国出生那一年，我读初一。清早我正穿衣服，舅舅推出摩托车，将舅妈扶上去。撂下一句话，就发动离开了。晚上放学后，我看到外公站在门口，双手捧着糖，凡是走过的人都要发。外公珍惜这个迟到的男孩，为他买奶嘴和镇上最好的奶粉。睡觉时，将他贴在肚皮上，一晚上也不翻身。

王奶奶问了家庭情况、房屋朝向，还有小国的生辰。王奶奶还是没说出缘由。她的问话不沾实质，更像是履行登记手续。舅舅靠在墙上，拨弄车钥匙。舅妈也失去进门时的热情。关大姐安慰说，王奶奶要弄清楚情况，对症下药。是呢。舅妈嗓子有些渴了。王奶奶不问话了，屋里一阵罕有的冷场。这时，王奶奶仍拉家常地问一句，家里没什么事儿吧？舅舅说，没什么大事，平常人家过日子。关大姐说，不是呢，奶奶是问红白大事。舅妈警觉起来，说有长辈老了。王奶奶说，谁？舅妈说，他爷爷。王奶奶摸着下巴上的肉痣，说怕是被吓着了。

舅妈说，有可能。小国见人生怯怯的，在家里也爱躲着人。关大姐说,这可怎么办?王奶奶说,这个得问问。好似她要去问另外一个人。舅妈看关大姐,关大姐也摇头。王奶奶说,你们留个电话,先回去。

没想到事情刚有眉目,王奶奶就要赶我们走。舅妈想探问更多,王奶奶脸色沉下去。关大姐谙得其中门道,劝我们改日再来。

我们只好往外走,舅舅发动车子。我坐下后,才发现舅妈没来。关大姐掏出一包红梅,递给舅舅,舅舅不抽。关大姐拔一根衔了。舅妈拨开车门,坐上来。

车走得远了,关大姐说,给了多少?舅妈说,一张整的。舅舅掉头来,说多了吧?关大姐不接舅舅的话,说收了就好,收了你的钱,说明事情还有救。

回程的路上,我们怎么也说不明白,小国的头疼病跟外公的死有什么关联?

年初,接到舅舅报丧的电话时,我与女友正在闸北公园散步。我怎么也想不起外公的模样,唯一记得的,是小时候他给我做弹弓的情形。外公做弹弓手法熟练,每次只需砸弯钢条,箍上松紧带,就能成型。

晚上做好了弹弓,外公便带我去找树林。他开着一辆旧摩托,驶过县郊的养鹅场,远边看到大片的树木,再下行二十里,树林才得以茂密。深夜冷风下的树林,像一头吐纳深吸的生灵。

外公常说,九月是猎鸟的好季节,最热的时候过去了,寒冷的冬天还得等三个月。猎人们通常在秋冬两季出门，从九月份打到来年清明。春夏之间，鸟要寻窝筑巢，等雏鸟出窝长成已是八月份。秋天开始时，他们先找杨树林，往后天冷了，杨树落了，再找桑树林，桑树落了，再找松树林，到了冬天，他们在芦苇荡和竹林里才能找到鸟。

眼下的林场，树冠连成一片，望不到尽头。外公卸下背上的重家伙，摊开帆布，推开枪尾的舱门，填进子弹。子弹是铝头，玉米仁大小。接着有些难度了，他抱起枪，从中段掰出一片把手，掰到尽头，连摁三下，每次都比前次更用力。他压实把手，瞄了一眼准星。我拉开弹弓，跟在身后。外公说，鸟跟人一样，都爱扎堆，找到一个，就能找到一群。树冠越大、树叶越厚，落的鸟也会越多。往深处走，我看到杨树底下，有一层粪迹，很新鲜，大概是新落的。我架起弹弓，外公拦住我。他拿出手电，照着树干，缓缓上移，圆光移到树梢，两只灰麻雀并排蹲着。噗。很轻，像吐一口水。一只鸟落下来，坠进叶丛里。附近的鸟稍稍挪了身子。连开数枪，树梢上的鸟落光了，每只都是穿膛死。

打光两棵杨树，外公指向五米外的树梢，梢头枝桠上，蹲着一排鸟。它们的脑袋缩进羽毛，像一排放稳的软柿子。外公绕树走了一圈，找到合适角度，只开一枪，梢上的鸟纷纷坠下来。

这样的夜晚，他能打一百多只鸟。麻雀多，咕咕鸟少。

这样一大片杨树林足够打到天明。

外婆叫醒我时，小国上学去了。我们坐在厨房，喝早晨吃剩的米粥。外婆从地里回来，衬衫浸透了。做了力气活，她脸上有了生气，面颊也泛出热晕。她说家里只有两个人。舅舅和舅妈都去店里了？我问。她说不是，一早有人打电话，没说几句，两人就走了。我看到院里落灰的摩托也开走了，看来事情紧急。

喝完粥，外婆带我进了菜园。园子里搭着木架，大把的豇豆拖挂下来，丝瓜藤盘到电线杆上。我跟在外婆身后，她摘了小番茄，轻放进我的竹篮。走到黄瓜架下，她掐住一段瓜藤，瓜叶的阴影遮住她的额头。她蓦地转过来，说要不是坏了良心，你外公还能多活几年。我没听明白。她说，你外公临终时，胳膊后背一阵阵地疼，他说有东西在咬他。我找遍了床铺也没找到。他害了那么多性命，总会有报应吧。外婆不像是感叹，而是在下判断。我知道，外婆说的不只是外公打鸟的事。

一九九九年，伊县大兴缴枪运动，在一名民警踢开大门之前，外公猎鸟的范围已遍布周边六县三市。外公每晚打鸟，一次，他无意中在林里发现了兔子窝，当晚他打了一口袋布谷鸟回来，肩上还搭着两只灰兔，小国给我的照片就是那个时候拍的。往后，外公打鸟回来，常会带着一些野味。有时候是雉鸡刺猬，有时候是猪獾，每次都不一样。要是带回一条草蛇，全家人都不敢去碰。外公将它钉在案板上，抠出七寸处的苦胆，捏到嘴里吞下去。接着，趁蛇身回缩的劲儿，一把拽下整张蛇皮。

最残忍的一次是拖回一只黄鼠狼。外公踩住它的脑袋，割断了颈处的动脉。放完血后，他剖开腹部，内脏流出来，他掏出一坨乌青的脏东西。繁琐的工作才开始：他挑开后腿上的皮，沿内侧往股沟处切，在交叉处开出一条环线，接下来的事，要更加仔细。他两指夹住刀尖，指肚朝上探进皮肤，指尖推开油脂，刀尖一路上行，破至喉管。他放下刀，撕开腹部，将爪子、骨关节挤出毛皮，脱衣服一样，揭下整张毛皮。到尾巴处，他抠住开口，往后端撕扯。他咬住尾端，借力腹部，一弓身，一条白铮铮的尾骨抽出来。这样的皮子，刮去脂肪、沾锯末搓洗后，稍加风干能卖到二百块。而黄鼠狼本身不值得看，粉白的，蜷在泥地上，像一摊流掉的胚胎。

带上菜园的木门，堂屋里传来电话响。出于往日接电话的慌张，外婆小跑进了屋。我赶到时，座机开了免提。过去，她不会打电话，这是舅舅教她的做法。电话那头只有缓慢的呼吸，说话人像在犹豫要讲的话。外婆说，是你舅舅。

他说话急躁，没有头绪。他大概问的是外公生前的事，具体是什么，也没说清。电话丝丝响，还有几声鹅叫。另一头换了个人：大婶子，你好啊。外婆听不出声音，只是

狐／177

应付。听了几句,排除了关大姐,我才确认是王奶奶。说起来,王奶奶和外婆年纪相仿,两人谈起话来,像在唠家常。王奶奶也问了外公的情况。外婆说,年前死的,过去在厂里上班。电话里,舅妈客气地要过电话。妈,我问你件事。舅妈说。电话里呼呼风声,她好似在找背静的地方。走了一会,他爷是不是沾过不干净的东西?外婆被问住了,我也不明白舅妈讲什么。舅妈有些着急了,外婆说没有,应该没有。

挂了电话,外婆去厨房洗黄瓜。我跟着去水龙头边洗手。外婆正打算切块凉拌,她竖着菜刀,想起了什么。她问我记不记得,小时候常跟外公出去。我说记得。她说外公有天早上背你回来,带回一只瘸腿狐狸。没等我回答,外婆扔下刀,走出厨房。我跟上去,她在电话机旁等我,她不会拨电话。

舅妈接了电话,外婆慌着说出口。舅妈反倒显得镇定:那好,我知道了。她略显冷淡的答复,让我们都有些失望。

外婆坐在电话边,等铃声响起,可是到了晌午,电话也没响。

坐在外婆身边,我想起与外公一道出行的那些夜晚。每个晚上,我的主要工作是到树下捡鸟。往往到了后半夜,我就支持不住。外公背着我,边拖口袋,边打鸟。在一个秋天的晚上,树梢摇曳出巨响,好似有猫科动物在头顶奔走。打完一片树林,我肚子疼,蹲到树下。外公站在远处抽烟。我喊他给我拿纸。他说,抓把树叶就擦了。我抬头看看,说这是棵松树。他扔过我一团草纸。正接着,身后一阵草动,嗦嗦往外公方向窜。外公抓起口袋,别到树后,那声响动连到树林尽头。我提起裤子,跟上去。外公劈开草,湿泥上落下几处脚掌,浅浅的。跟着足迹,绕过一排桑树,草丛里出现一条兽径,兽径通往远处的河岸。外公领着我,靠近河边。我们蹲在倒下的断枝后面。浅滩上伏着一只青狐,正在舔水。这样的夜晚,每个感官都变得灵敏了。外公单膝跪下,端起枪,脸贴在枪把上。他调整呼吸,等待风速变缓。黑夜里,准备开枪的男人大概就是这样。

大风刮起来,青狐受惊地跳起。在那么一刹那,外公扣动扳机,提枪跑上去。他知道打偏了。青狐穿过芦苇,跳上岸,重又消失在树林里。泥地上有血迹,外公拔出皮带里的短柄刀,追进了树林深处。望不到尽头的杨树,像血盆大口张开着。

找到外公时,外公站在榆树旁。他只是低头看着,不急着动手。草丛里,摔倒的狐狸成了一摊死物,它后腿哆嗦,前爪在挠土。那一点前进的力量没能丝毫带动它。

回来路上,口袋挂搭在摩托后座上。那毛茸茸的软物在口袋里撞来撞去。我知道天亮后,外公会像剥黄鼠狼那样,杀死它。剥下毛皮,拿去镇上卖。我庆幸明天就可以回家,不会再目睹一团模糊的血肉。经过漫着雾气的水电站，我沉沉睡着了。我梦见一家人坐在饭桌前，一只狐狸在盘子里跳舞。

他们回来时，已经吃晚饭了。舅妈闷声不响，她脚边放着黑塑料袋，圆鼓鼓的，不知装着什么。趁着外婆去小国屋里，舅妈问我，跟她出去玩吗？她提起塑料袋，和舅舅往门外走。

我跟上后，舅妈说起了事情的经过。在她混乱、断断续续的措辞里，我听到一个遥远的传说：很多年前，米谷有家猎户，专打狐狸，谋得皮毛，几年下来，买了地，置了房。没想到，猎人死后，家人一个个离奇死亡，只有小儿子在山东做买卖，幸免留了那一支。多年后，小儿子回家乡迁坟，掘开土后，棺材已经让狐狸掏空了。

舅妈站住了说，是家里进东西了，王奶奶说，不能赶，要送。

走到水塘边，我明白送的意思。舅妈解开塑料袋，取出一沓黄纸片，搭出纸棚。点着后，舅妈又往前走。我和舅舅跟在后面，来到拐弯处，舅妈又点起一堆。走上公路，我回头去看，几处微弱的亮光几近被黑夜裹进去。

公路上，来往车辆频繁，有不礼貌的还在闪车灯。这一次，舅妈倒空塑料袋，几刀黄纸片和纸扎的小花轿。还有花轿？我问。舅妈双手挡着风，王奶奶说送的是个姑娘。

火焰涨起来，我们站到一旁。舅妈说，关大姐嘱咐，要说话。舅舅搓着手掌,像在烤火,又像在紧张。他提着塑料袋,说了句开头,自己反倒笑了。舅妈俯下身,闭上眼小声念叨,对不起啊,家里人不知道是您,现在知道错了,向您赔不是。舅舅挑了挑,火星顿地跳出来。舅妈劝导那堆火,送您到这里,赶紧走吧,不要再伤害家里的孩子了。小国要得晚,只有这么一个。您走吧,还能赶上好人家。

她猛地睁开眼,拳头攥得紧紧的。不要再害人了,赶紧滚!你再闹,我就找和尚把你拿了,叫你永不翻身。舅妈将脸埋进手掌里。没多久,火光灭成一阵烟。烟散后,只剩一摊纸灰。

舅舅扶着舅妈,往回走。路上车辆稀少起来,树梢也看不清。天上没有星星,也没有月亮,看样子,夜里要下雨。

走了一段路,舅妈挣脱开舅舅。我要跟上去,舅舅拦住我。舅妈跑回那片灰烬,站住了。她小心跪下,碰了几下地面。

回到家,小国和外婆都睡了。我走进小国房里,坐到床边。我听到被窝里有人说话,老哥,你回来啦。我掀开被子,小国蜷着身体,在玩平板电脑。跟游戏世界相比,刚才发生的事,仿佛来自远古。种上几排,僵尸蜂拥上来,正在防守时刻,有人敲窗户。我撩开窗帘,舅舅朝我招手。

跟他走进里屋,舅妈坐在茶几前,我挨着舅舅坐下。

茶几上有几张过期晚报,裹着一枚露出红边的苹果。舅舅说,有件事找你帮忙。我笑笑说,这还客气?舅妈拿出苹果,说这是王奶奶给的。我接到手里,果皮皱缩,没有水分,掂量着,分量轻盈。舅妈说,你拿给小国,王奶奶说,这是供果,吃了就能好。

我拿着不知被香炉熏了多久的苹果,走回屋里。小国玩得正起劲,我问,你想吃水果吗?小国摇摇头。我不知如何解释。我又问,苹果呢?他收紧眼光,不吃不吃。我把苹果放到书桌上,明天早上上学,他兴许就拿去吃了。

第二天醒来,桌上苹果还在。我跟外婆吃了早午饭。晚些时候,公司人事打来电话,通知我明天交报表。请的三天假也要结束了。我简单收拾一下,赶下午两点的大巴。外婆要挽留我,我说这趟就是看小国,他没事就行。

外婆将我送到公路上,那里有往车站的公交。昨晚的一摊灰迹已经模糊了。站了一会,公交来了。外婆忽然拉我胳膊,说有事要说。外婆拉我背对着公路。她抹着裤腿,小声低语。我问怎么了,她拍了下脑门,时间太长,我记混了。你外公带回那只狐狸……好像没有死。还养了一阵子。她又说,养了有两个星期,有回晚上,我坐在厨房,狐狸窜到锅台上,从窗户跳走了。我追到后院,也没见到影子。屋里就剩一只空铁笼。

我点点头,慌忙坐上公交。患得患失中,车到了县城。下车后,我拦了辆的士,赶到伊小。我找到小国的教室。

他正趴在桌上睡觉。

　　小国揉着眼睛,跟我下了楼。站在水杉树下,他问我干什么,我说,你头还疼吗?他说,疼得厉害。我摸摸他的头。他说,我总想不起爷爷的样子,怎么想也想不起来。我说,要想一个人的模样,就要先想跟他有关的一件事。小国紧闭眼睛,用力想了一会。我说,看到了吗?他说,看到了。我问,看到了什么?他说,看见爷爷在打枪。我说,那就好。我拿出口袋里的苹果,苹果捂得温热。出门时,我就一直揣着。小国拿过去,啃了一口,说:苹果真难吃。

　　他随手扔掉了。

安 静

辞职以后,他就等待着那一天。其实半年前,编辑一部诗选时,他就预想过。只是当时,还没有到做打算的地步。什么时候开始恶化的呢?他想到做爱时,他错过让小麦抵达高潮的时机;穿过马路,一辆摩托无缘无故撞倒了他。

后来,他喜欢去花鸟市场。站在喧闹的铁笼前,声音从鸟儿的喉道叫嚣出来。夏夜,他听从小麦的劝告,买了一只鸣虫回来。看着它震颤的腹部,他欣赏不到古诗里促织鸣东壁的美妙。他耳朵里住进了一艘船。

康复中心的沈医生,建议他多听高频的声音。测试中,沈医生播放一组动物的叫声,孟夏只听见马嘶和一声蛙叫,旁边的母牛和野狼好似并没有发声。就像一把尺子,去掉两端,他只能听到中间短暂的一截。沈医生建议教他几句手语,他迟疑了。医生看出了他的自尊心,很快收回了试探。往后,他常带着录音笔,站在铁轨旁录下列车的鸣笛和呼啸声。这些还不能满足,他又录下切玻璃和摔碗的声音。他就像参加听力考试的学生,每天播放这些声音。这一举措,将邻居们都逼疯了。他们来砸门,大声嚷嚷。戴上助听器后,他才发觉他们是要将他赶出小区。

这一次挫败,促使他重回戴助听器的状态。从十二岁,发觉听力在减弱开始,这是他的第五套助听设备。他有个塑料袋,里面装满用旧的电池。戴上助听器后,声音被强制性放大了。一团杂音中,能辨析大致的人声。负面情况是,当他吃起坚果,颅内产生回响,轰鸣而又遥远。就像站在巨人的嘴里,听他咀嚼坚果。沈医生告诉他,助听器只是起到音响的作用,无法从根源上解决。他问,那根源是什么?沈医生说,有些是遗传,有些是后天损伤。孟夏想不出家里有遗传病例,也没有受过噪音刺激。那是什么时候开始察觉的?沈医生问。他说,是读六年级时发高烧。急打了退烧针,病倒是好了,只是听人说话,像隔了一层膜。刚开始以为是洗澡灌进了水,往后声音越来越弱。乡下吗?沈医生问。就是乡村医生。孟夏说。沈医生点点头,听过这种说法的,但也不一定。因素有很多,炎症也是一种。

工作辞掉以后,除了买买菜,他省掉大量与人交往的烦恼。他喜欢看书和默片,有时也翻翻从前编过的书籍。他在一本外国诗选里看到拉金的诗。那时他血气方刚,选进去很多金斯堡、波德莱尔和阿赫玛托娃的诗。拉金的那首《晨歌》只放在末尾处:

合理的存在

不会害怕一个它从未感觉到的东西

……

大多数事情从来不会发生：但这件事会……

读到这几句，他身体里拨动了一下。辞去图书馆的工作，晚年的拉金饱受失聪的折磨。在《晨歌》里，那些感觉一点点离开他的身体，最后只剩下死亡。小麦曾拿出给学生上课的架势，劝慰他，贝多芬失聪后，创作了九部交响曲。他戴着助听器，听了几个章节。他听到的只有愤怒和不满。大概一无所得，是因为一无所知。音乐带给他的不是愉悦，而是遥不可及。让他有所"得"的，是那几句诗里清醒后的勇气。

失聪到底是怎么回事呢？刚过三十岁，他辗转了几个城市，终于稳定下来。他的妻子在乎他，不久后，他们还会有孩子。孩子会叫他爸爸。那时他已经听不见了。

在接到宣判的一周里，他被一层层塑料膜包裹着。他多次回想那次会诊里透露的信息。深夜里听到尖叫，那种刺耳的尖叫，他不可能听到。那是幻想的还是耳朵在反抗？沈医生斩钉截铁地告诉了他，那是一种征兆，听力完全丧失的征兆。非黑即白，没有灰暗地带。他头一次觉得斩钉截铁，蕴含的不仅是果断，还有残酷。

回程的公交上,他看到一对比画手势的女孩,她们扎着长辫,跟其他人无异。车过了一站,双腿带着他下了公交。两个女孩站在水果店前,店老板举着计算器,又用手拟出上面的数字。三个人手舞足蹈,远看去像在吵架。他看着她们提了香蕉,拐进一条胡同。跟进去后,尽头是一所学校。他在门口站着,看着铜牌上"特殊教育"愣了神。身边又走过几个男孩,全身比画着,嘴里发出嗯呢啊的声音。校园像是放学了,他们也安装了电铃吗?他很想到里面去走一走。这时有人叫他,那人身穿制服,往后退了几步,他微笑着小声问,您好啊,要接什么人吗?孟夏身体倾斜了,背脊上冒微汗,没等那人继续开口,他转身逃跑了。

辞职以后,保有联系的是读书时的老友。老友研究古汉语,研究生毕业后,考了岛上的公务员,业余研究佛法。住在寝室时,他们讨论过人是否有灵魂,轮回是否存在,老友找到网上一篇量子力学的文章,用科学的逻辑去解释。他总结说,世界是由微小的粒子组成,粒子可以变换任何形态。他听懂了,但不赞成。

他乘了两小时的轮渡来到岛上。老友从检察机关下班时,海水正在退潮。他穿着白衬衫和西裤,因为身材高挑的缘故,看上去更像一位业务员。这位业务员的嘴一翕一翕地动着,跟脚下一块岩石在说话。走近后,他问石头跟他说了什么?老友说,石头传授了他一句《百字诀》的经文,并要求他一天念三百遍。他用手机录下老友的诵经声,又录了几段潮声。

　　走进老友的住处,老友问他录的什么。他打开音频。老友拿过一张纸写道,这些声音你可以看到。他愣住了,老友又写,那些曲线就是声音。他朝老友竖起大拇指,跟在后面写,对一个残疾人来说,也算一种安慰了。他理解了拉金的那一首诗,失去了听觉,也就失去了生命的一部分。失去了生命的边边角角,那就是残疾。老友拿过笔,划掉了"残疾"两个字,他注解道,失去听觉,只是在身体里关上一道门。他想到关于上帝关门的那句老话,但是老友又写,遗憾的是关上一道门,也关上了一处风景。

　　跟往常一样,他们喝了一点酒。他耳朵里沙沙响,像几颗小虫在蛀蚀那艘老船。他说出了心里的担忧。老友抽烟眯虚眼看他。他说,他害怕自己真的聋了。他还没有为那一天做好准备。老友问要准备哪些?他语气慌了,他感觉嘴唇在动,却听不到说了什么。老友递给他一根烟,让他吸一口。他含着烟雾,咂摸出干苦和辛辣的滋味。难道一种感官钝化了,另一种感官真的会敏锐?

　　老友在餐巾纸上写,去一个你舒服的地方吧。

　　这句话一方面点醒了他,一方面又让他觉得古怪。这句话多像在对一个快死的人说。就像他们读书时看的《樱桃的滋味》,他惊讶于那个伊朗人找一块心仪的土地,是为了埋葬自己。

但是无论如何,那句话启发了他。"那么,在哪里会舒服呢?"回到家里,小麦建议他待在书房里,书架下养了两条金鱼和一片青苔。往日工作他喜欢在那里消磨时间,但是现在待上半日也会烦躁。内心的躁动只能到更加躁动的地方才能平息。有那么几天,他以为自己要站在街道或是广场上,等待周遭的声音沉下去。

那样自然不可取。那次喝酒,他问老友,"那么,在哪里会舒服呢?"老友说,人最舒服的地方,当然是母亲的小腹。你可以想象,被人体的肉和水包裹着,人漂浮在中央……老友说的是醉话,但是他从里面还是听出了什么。

在一次母亲打来的电话里,他倏忽间想到了要去的地方。母亲在电话里说话,小麦用笔在纸上传达,他拿过小麦的笔,记下了那个念头。那个念头经由小麦说出了口:妈,我们想回去看看。

那是一处大河湾,运输沙石的船只经常穿行这里,不分昼夜。河的这边是杨树林,对岸是一片野坟。

回到苏北老家,他就在想那个地方。小时候,他没有伙伴,经常去那片乐园。他在河边烤红薯,或是掏毛蟹。夏天里他找到露出毛蟹的洞口,小心用木棍戳穿洞穴拦住它的去路。他这样做只是为了好玩。时间长了,那里就成了他的秘密领地。他在那里自得其乐,关键是不用与人交往。就算长成少年去县里读书。他也趁放假来这里。他不像小时候那样浑身弄得脏兮兮。他会带一把椅子，坐在河边，看书、听歌和手淫。

上了大学以后，那里就成了他记忆中的一部分。他和小麦在论坛上相识后，两人到了倾诉隐私的地步。小麦说，她有洁癖，每天要洗十次手。孟夏也说出他的怪癖，他喜欢在野外做爱。她问为什么？他想到那个特殊的地方，但只是说，跟大自然更接近吧。小麦说，难怪你会成一个诗歌编辑。

早上醒来后，母亲做好早饭，在菜地里忙活。他没有叫醒小麦，走进菜园。母亲站在丝瓜架下，顶了一块湿毛巾。他接过她手里的丝瓜，有两根熟透了。母亲说了什么，他听不清，他猜测要用那两根做种子。忙完这一行丝瓜，母亲又去摘那片青椒和茄子，他只得抱着大铁盆跟在后面。天气已经很热了，一些叶影仍遮不去太阳。兴许是母亲高兴，兴许是她担心作物长得太快，盆里装满了，她还掐了一大捧。走出园门时，她扶了一把栅栏，怀里的豌豆掉了。没等身体扶稳，她整个人趴到地上。他丢下盆去扶。母亲摆摆手，喘着气站起来。她说了什么，他听不到。最后母亲冲着他的耳朵说，暑气重，歇一会就成。

他扶着她走进耳房。他打开风扇，四面窗户通风。小麦起床后，也给母亲打了一桶凉水。不多时，母亲又精神起来。她打扫着屋子，又开始张罗早饭。

吃了一点米粥，孟夏说，想去那里看看。这就像一个垂暮的老人，想去看看选好的墓地。小麦点点头，蘸着米汤，用筷子写：但愿你不会失望。

那个地方并不遥远，其实从二楼的卧室就能望见，在一排矮山坡的背后。他们打算走着过去。站在新修的水泥路上，她问他回来后，怎么样？他说，他感觉好了一点，声音明朗了许多。他说，你看旁边是不是有只喜鹊在叫？小麦望过去，那是只麻雀。但那足够她高兴的了。她点头说是的。

翻过山坡，闻到水腥气。他劈开高草，往河边走。那里长久无人，早已成了一片野地。小麦跟在后面，脚踝上沾了重重的露水。好容易走到河边，河水大涨，水舌舔到了杨树根。对岸仍能看到一片旧坟，但是河边上没有一艘船只，只有无尽的水草。

他胸口感到阻塞，那种愤怒由里到外拿住了他。这里完全是一片陌生的地方嘛？根本没有小时候的舒适和愉悦之感。回到这里的想法，是不是太幼稚了？他总是犯这样的错误，在出版社编辑诗集时，社长多次跟他面谈，他总是将实际问题观念化：一个编辑怎么可以想当然地认为，诗人不会追究汇编的版权问题。

各种不愉快的念头占据了他的身体。难道是小麦在旁边吗？这原本就是极为隐私的事，或许是她打破了某种界限。但是他们到了无话不谈的地步。就算他听力完全丧失，再没有养家的能力，小麦也不会离开他。但是很快一句诗样的话涌上心头：毁掉男人的，往往是那些毫无来由的自信和满足。无关的思绪纠缠着他，他感到烦躁。

离开那片领地，他仍表现得冷静。小麦似乎装作没有那么回事，看过就好了。他似乎听到了她的声音。要是那一天永不会到来，我看也不虚此行。她说。他问为什么，她说，不是有好转了吗？这一次，他听清了她的话。他下意识摸一下耳朵，没有助听器。

有可能的，之前医生跟我说，听力跟精神状态有关，就像神经性胃炎一样。小麦说。

难道在家里放松了？他自语道。

他抱着积极的心态回到家里，他打算跟母亲说说常住下去的事。推开院门，他喊了声母亲，确认不是听力的问题后，他发觉没有人应答。他走进耳房，耳房正烧着热水，壶口冒着蒸汽。他关掉煤气，提下水壶，这才发现水壶里只剩一半的水。他又跑到堂屋，发现母亲靠墙躺着，胸口喘粗气。小麦赶进来，搭手扶起她。她摇摇头，只愿坐着。她说，她一站起来，就看不见。

他慌张得不知道怎么办。母亲说了什么，他没有听懂。他看到小麦蹲下来，背起母亲。他只得去扶着，小麦走到院子里，将母亲卸到三轮车上。小麦示意他骑车，他跨到车架上，不知该往哪里。这时小麦爬上车，在他耳边喊道，妈妈说去卫生院，不打紧的，之前也犯过几次，里面的医生开点药就好。他用力蹬脚踏板,感觉耳边呼呼凉风,但是听不到声响。

那座卫生院其实是村医院,只是后来改了名字。骑到时,母亲已经缓过来,能扶车站着。走进大厅,两边开了两扇门。在他的记忆中,有两扇是药房和诊室,另两间用来打点滴。在冰凉的酒精味中,有个妇人走出来。母亲握住了她的手,冯先生,还是老毛病,又要麻烦你了。冯医生说哪里的话,她领着她进了药房。孟夏和小麦也跟进去。冯医生边开着药,边寒暄着家常。

打好了点滴,他们陪着母亲坐着。不多时,门外一阵咳嗽声。冯医生站起来,立在门边。一条棕毛狗跑进来,汪汪几声又窜到门外。它跟着的是一位老者,他戴着老花镜,中山装的穿着像位教书先生。冯医生迎上去,低声说,哟,冷医师来了。说着,又折到药房,拿来白大褂。冷医师套上后,朝厅里点了下头,往诊室去了。难得冷先生今天来坐堂。冯医生说。

孟夏坐在条凳上,手心沁出了微汗。有那么几个瞬间,太多的感觉向他涌来。他首先感到的是恐惧,紧跟着是扎心的疼痛。他又感觉到那双粗糙的手,捏着棉球在他屁股上擦拭,紧跟着,他想象针管瞄准了两次,猛地扎下去。在一次高烧中,他仿佛躺在一锅热汤里。有人扒开他的眼皮,检查后,将他翻身躺下。他听到药瓶碰撞的声响。没等他听得真切,一团冰凉的棉球摁在他的屁股偏上的部位,那一剂强药差点要了他的命。他浑身痉挛，身体像在电流上走了一遭。紧跟着，脖颈往上麻木了，耳朵里扎进了两根针。在昏睡之前，他只看清楚厚厚的镜片背后，那两颗豆粒般重叠的眼珠。

冷先生走出诊室，手里捧着茶碗。他走到母亲身边，挤掉皮管里的空气，询问了病情。母亲如实回答，说谢谢冷先生，一把年纪还亲自问诊。冷先生饮了口茶，说了句夹生的成语，医者本分。冷先生回屋后，棕毛狗趴在大厅里。孟夏用口哨唤它，它摇着尾巴跑过去。他挠它的肚皮，棕毛狗舒服地躺着。玩了一会，棕毛狗就敢扑到孟夏腿上。孟夏退到座椅后面，打点滴的房间都空着。他用脚踢了踢门边，一边锁上，另一边开了一角，他小心别进去。

看到棕毛狗也跟进来，他一把握住它的嘴，将它勒到怀里。棕毛狗以为逗它玩，用尾巴扫他的胳膊。孟夏移到屋里最深处，他背墙坐着，用一只胳膊勒住狗脖子。狗蹬着腿，头在他手里挣扎。他呼吸急促，他蜷起身体，夹住棕毛狗的后腿。这样看去，他整个人都包住了那条狗。他感觉到它的心脏隔着脊骨在跳动，他要变成一条蛇，将猎物紧紧拴住的一条蛇。他闻到它身上的狗腥味，感觉到皮肉底下的骨骼。他脑中只有一个念头。他一方面觉得心虚，一方面又感觉到从未有过的踏实。他将胳膊一点点往背后收，那一丝气息在他臂弯里，越来越弱。然而就在那个瞬间，他听到一声尖叫，他差点松开了手，他以为是狗发出的，但是看到紧握的左手，他知道声音来自耳朵。他看着狗的眼睛，臂弯里传出细碎的骨裂声。他要记住那双眼睛。

等怀里没有了动弹的迹象，他小心松开手。看到它的腿在颤动，他又紧张地捏住喉咙，确认那里没有任何喘息后，他知道颤动不过是神经反应。他站起来，掸掉身上的灰土，又借着微光，悉数拿掉衬衫和裤子上的狗毛。那些狗毛让他感到一阵难过。昏暗中，那一个小堆已经没有什么可看的了。他缓缓推开门，冯医生正在给母亲取针管。她端着医务用品回到药房，他径直跟了过去。

要开点药吧？孟夏说。他尽量保有笑容，他这样做太冒险了。

要的。冯医生说。她头也不回，在不同大小的药瓶里拿药。装好药，木门打开了，冷先生站在门口，这次他没有端茶碗。你怎么回事？冷先生说。孟夏有点支持不住了，刚才用完了他所有的力气。他退到药桌旁。

你怎么回事，冷先生逼近一步，你母亲也照顾不好。这么热的天，骡子也能热出病来。她本来血压就低。

听到训斥，孟夏安心了。他牢牢记在心里，记住每句话的过程，让他内心平和。

拿好了药，他扶着母亲，上了三轮车。小麦上车后，他缓慢地踩着脚踏。上了大路，拐过一个路口，他才有时间去想象，那个大厅里有人在呼唤？那条狗应该有个名字吧？他大声对小麦喊，你来骑，你来骑。你们先回家，你们先回家。

他跳下车架,不管车仍在行驶中。他的双腿带着他,往山坡跑去。他仿佛丝毫不费一点力气,他的双腿有了生命。他奔跑着,耳朵里又传出尖叫,他感觉声音来自遥远的海边,贮存在某一个海螺里。他想象世界的缥缈,他跑得浑身大汗,猛然间,耳朵里啵的一声,尖叫声断掉了。他大喊一声,头颅里没有丝毫回应。那艘老船终于沉下去了。

他很快就能跑到那一处河湾,就像小时候,因为听力遭人嘲笑,或是受了委屈,他就去那里待一个下午。但是过去的事已经不重要了。眼前的世界变得清明起来,他想到老友说的那个轮回的理论,他希望那条狗的灵魂真的由原子组成,轮回之后,他但愿它变成草木,不要再有当动物的烦恼。他希望的事情还有很多,他还希望在完全失聪前,读几句拉金的诗。但是他最希望的是,坐在河湾的树林里,有只野鸭划过水面,近处的芦苇丛中,竹蜻蜓从一根芦苇上,飞到另一根上,世界一下子安静了。

醒　来

他总是被梦困扰着。沉浸在昏暗中,那些细微的动作和难以捕捉的念头围绕着他。情况是怎么变坏的呢?在反反复复的梦里,他就像一个消极的人,对悲观情绪想要摆脱又想要沉迷。尤其在醒来以后,虚弱感像夺走了身体的一部分。他不知是因为梦,还是梦的消失。他若有所失,在白日里经常走神。这种心不在焉的状态,加重了梦里的真实。有那么一次,他又从梦中醒来,胸口沉闷,快要喘不上气来。他下意识地挥了挥手,想要驱赶空气中飘浮的身影。

睁开眼睛,他能看到窗帘透入的微光。想到那个身影,他的意识清晰起来。一些柔软的事物来到他的怀里。毛衣淡蓝色的线团、带花纹的纽扣、受潮的饼干,还有掉在地上手表的指针。他想回到那个梦里,但是回忆压倒了他。他想起后悔的事,想到站在山坡上说话,或是站在热闹的街上看到什么。他翻了个身,听到妻子轻微的呼吸声。那是真实发生的事情吗?他把不存在的回忆假想成现实?恍惚中，那些想象呈现出清晰的轮廓。

再一次入睡，他梦到自己躺在深水里。他全身冰冷，胸口被水的重力挤压着。冷水涌入他的嘴巴与喉咙。他吐出一个水泡。他看着水泡往水面漂浮。破裂时，深潭里的水也一下子破灭成空气。他畅快地呼吸着，眼前是一望无际绿油油的草甸。草地上有成群的牛羊和孩子。他欠身望去，遥远处隆起一个土包。不知为何，他清晰地觉得那里埋葬着一个人。

外面大雨如注。从便利店出来，李棚在走廊里抽了一根烟。见雨没有停的迹象，他拉起连帽衫的布帽，冲进了雨里。雨水没有看起来那般大，落在脸上有些清凉。他想到读大学时，有位高数老师在课堂上问，假设雨滴在空气中均匀分布，有两个人穿过雨幕，一个奔跑，一个步行。那么谁身上的雨水最多？当时他觉得这是无稽之谈。因为没有人会去做这样的实验。后来有一年，他约朋友们去日照赶海，遇上一场大雨。陈露跑在最前头，他提着小桶慢悠悠地走着。到了旅馆门口，他发现他们淋湿的程度差不多。

想起陈露，跟陈露有关的场景也出现在眼前。读大学时，她总是戴一副浅红框的眼镜，急匆匆地不是赶往图书馆，就是自修教室。她做任何事都有恒心，哪怕跳绳这样的日常锻炼她都长久坚持。学习更不在话下，她读一本书把注释和附录都要搞清楚。而大学时期的李棚则是另外一副模样。除了应付考试，他最多的时间都在睡觉。有一阵子，他对下象棋产生过兴趣，出门时都带着一副袖珍棋。不过没过多久，他厌倦了马走日、象走田，又捧起《金刚经》来读。枯燥的经文自然无法长久地吸引他。他很快又迷上了打游戏。那几年，他学一样丢一样。按理说，这两种类型的人不会存在交集。可有一次暑假，陈露参加了一项社会调研活动。为了拿学分，他也报名了。在偏远黄沙漫天的小城，他对她产生一种亲近之感。说不清是她专注的劲头，还是在指头尖旋转不停的铅笔，一股从未有过的情感牵引着他。活动结束的那天，他们一群人坐在一棵桑树下休息。他爬上树，摘了几粒桑枣给她。她咀嚼着，两片嘴唇是紫色的。

　　走进地下通道，李棚打开她的朋友圈。里面的内容少得可怜：最近的一条是三月份。照片里她拿着青草神情严肃地站在骆驼跟前。旁边立着一块牌子：禁止喂食。往前几年，是一些参加开幕活动的工作照。李棚往下划，又看到一些拍山水和植株的照片。他大概就在那个时候，跟她断掉了来往。

　　乘上地铁，李棚在人群里局促地站着。小钰的电话打来时，他腾出手摁了拒接。他叹了口气，那股沉重的感觉又压在肩膀上。不知不觉间，他的生活不再由他主导。他的时间被分割成一块又一块。一块给了小钰和孩子圆圆，一块给了单位里的工作，还有一块给了住在郊区的父母。那他自己的时间呢？他想到有天傍晚，圆圆放学晚了一个小时，他开着车来到一条小河边。看到满是枯荷的水面，心底那些要操心的事也被剪去了似的。他想租一间房子，可考虑到会加重经济负担，又放弃了。后来他找到了窍门。在阳台上抽烟、出门丢垃圾、在车里睡一会，这些碎片化的时间里，他尽可能地多独处一会。就像这次买东西，他在去的路上兜兜转转了半个小时。也因为散漫，他淋了雨，想到过去的事。

她嫁给谁了呢？疑问像一根细绳拴住他的神经。他想到人与人的相遇，跟掷骰子一样随机吗？她是因为爱情，还是需要别人的陪伴？他愿意相信是后者，但他知道这是自我欺骗。在痛苦的感觉面前，他选择了拒绝。他宁愿看到她只是出于某种目的，而不是因为情感跟另一个人走到了一起。有了这个想法，他心里一惊。他的本心是多么自私。

回到家，他给圆圆补好了功课，去阳台上浇花。流水喷洒在鹤望兰厚实的叶片上，他的心思飘忽在别处。跟陈露在一起时，总有一些期望在等着他。好似生活永没有尽头。陈露对生活总有新的念头，而且能一以贯之。他们在一起时，为了看油菜花田的日出，她不惜在青海湖边露营。对做爱感到好奇，她让他把她的双手绑在床头。在图书馆里看到米勒的画册，她忍不住呜咽起来。那时候，他没想到她文静的外表里原来住着一个精灵。他们是如何分开的呢?他想到找工作时的焦头烂额。他面试了几家公司,都没有合适的。最后,他顺应父母的要求,回去考了税务方面的公务员。而陈露则被广东一家做园林设计的公司看重。那是她梦寐以求的职业。在车站分别时,他望着她的背影,仿佛她身体的一半已经离开了他。夏天里,他往广东跑过几次。但他明显感到那另一半时而存在时而毫无踪影。

沉浸在回忆里,他觉得自己很可笑。他想到电影《鸽翼》的结尾,那个女人对爱人说,你不可以爱上她,也不可以爱上关于她的回忆。他一下子感受到这句话的分量了。他不想在迷瞪中越陷越深。他放下水壶,走进厨房弥补过错似的帮小钰洗菜。

这天夜里,他又做起混沌的梦。在黑暗中,他被一个身影追赶着。醒来后,他嘴里发苦,肩膀酸疼。他套上衣服,走到客厅坐了一会。小钰送圆圆上学去了。桌上放着一碗红豆粥和一小碟腌萝卜。两个包子放在瓷盘里,眼下差不多凉了。他拿起筷子,缓慢吃了几口。蓦地,他脑海里闪现出一句话:那个跟陈露要好的女生叫什么来着?他下意识地在通讯录寻找着,看到丽敏两个字,胳膊上起了鸡皮疙瘩。

他收拾碗筷,在屋里走了一圈。重新坐下后,他给丽敏发去一则问候的讯息。看到对方没有回,他又补发了一个笑脸。对方回:不是借钱吧?他笑了笑回道:哪能啊。

对方说，除了钱，别的都好说。他松了一口气。他问她的工作情况。她如实回答了。跟着发来一个无聊的表情。不知是说工作无聊，还是他的提问无聊？他只好老实又假装随意地问道，哦，陈露还在广东工作吧？对方发来一个惊讶的表情。她回，她回南京了。他又问，她一切都好吧？她又发来一个惊讶的表情。她问，你不知道吗？不知道什么？他问。她说，她生病了，做了个大手术。他身体僵住了，不停地咽口水。他慌忙地问，我给你打个电话？丽敏发来一串省略号。

这个电话搅乱了一整个早上。放下手机，李棚靠在椅背上，脑袋里只剩下陌生的名词：血液、脾脏、囊肿、心律等。他打开电脑，搜寻脾脏在人体中的作用。草草看过几篇介绍文章，他又搜索囊肿与癌变的关系。看到对于化验结果的不同说法，李棚咬了咬手背。这么说，最坏的情况仍不能排除？他心想着，同时心底里生出一股焦躁的情绪。他去厨房倒了杯水，热水滚烫，他没有耐心等待，索性加了一些自来水进去。

白天工作的时候，坏情绪萦绕着他。中午趁着午休的机会，他走进附近的一家医院。在服务台前，他愣住了。他没有生病，要怎么挂号呢？看到角落里的咨询中心，他跑了过去。值班的护士问，你有什么难处吗？他支支吾吾地说，我想问一下有关囊肿的事。护士问，是你生病了吗？他摇摇头。护士又问，是你家人吗？他又摇摇头。护士疑惑地看着他。他暗自骂了自己一句，怎么一句谎话也不会说。他说，有个朋友，委托我来咨询。护士笑了笑，递给他一份折页小册子。她照着上面的图片讲解一番，又介绍了几位专科医生。一时间，李棚突然很感激她。他细心地记下这些医师的科室和出诊时间。

下班后接到圆圆，他带着小钰去餐馆吃饭。等待牛肉面和西红柿鸡蛋面上桌时，他问小钰，你知道脾脏吗？小钰说，问这个干什么？李棚说，你不知道吧，脾脏是人体备用的免疫系统。小钰问，备用是什么意思？李棚说，当免疫系统破坏时，脾脏就能重新发挥免疫的作用。牛肉面上来了，李棚继续说，但是脾脏很脆弱，生活中轻微的碰撞都会弄坏它。你想说什么呢？小钰挑起面条望着他。李棚撇了撇嘴说，就是个生活常识。

小钰喂了圆圆吃了半碗面条。李棚望着窗外说，人没有心肺，是无法生存的。但是没有了脾脏，还能正常生活。小钰厌烦他了，不理睬他。圆圆咬断面条说，脾脏是在哪里呢？李棚说，就在腹部的左上方。圆圆撩起裙子摸了摸肚子。李棚拿着筷子，朝她的小手上方指了指。圆圆把手用力摁上去。她眉头皱了皱一本正经地说，我能感觉到心脏在跳，但感觉不到脾脏在做什么。

吃完了面，可以回去了，但李棚还是不想走。他又要了一大碗皮蛋瘦肉粥。他给小圆和小钰各分了一小碗。他说，囊肿真是个麻烦的病。小钰问，囊肿？谁生病了吗？

李棚喝了口热粥，喉咙咳嗽起来。他说，是个亲戚。小钰说，我怎么没有听妈说？李棚又说，是爸爸那支的亲戚。远房的。小钰没有说话，把粥吹凉放进圆圆嘴里。李棚说，囊肿就像个鱼泡泡。外面裹着白的一层。里面呢？小钰吃了一小块皮蛋问。李棚说，里面自然是体液。就是水？小钰说。也不全是。李棚说，就像碗里的粥，里面有水也有其他成分。你今天有点奇怪。小钰说。奇怪吗？李棚反问道，我只是对有趣的知识感兴趣。小钰说，那就请这位好学生去买个单吧。

回到家里，早上那股担忧气氛扑面而来。但当小钰抱着圆圆进屋时，那股气氛被破坏了，取而代之的是紧张气息。李棚走进书房看了一会书，听到小钰哄圆圆睡觉的声音，他从书架底下拉出一只不高的纸盒。盒子里装着他过去写的几本日记。他掸掉上面的灰尘，抽出读书时写的灰色日记本。歪歪扭扭的字迹中，时不时闪现陈露的名字。他想到他们看完一场夜场电影，午夜后在街头散步。他想到有年冬天去山谷游玩，一群栖息的鸟从杂草里飞腾起来，漫天的黑点。

想到过去的事，跟陈露在一起的感受萦绕在身边。他走出书房，从狭窄的楼梯爬上阁楼。在手机微弱的光亮中，他找到那个塑料盒。塑料盒用胶布密封着，搬到这处新家，还未拆开过。他用牙咬开胶布，小心打开盒盖。里面露出一只乌龟布偶、两条毛巾、拖鞋和一件白色衬衫。那是他们在一起时，陈露用过的物品。此刻，一股强烈的情绪抓住了他。他捧起衬衫闻了闻。

他抬起头时，小钰站在楼梯上。你干什么呢？她小声问道。他说，我找点东西。他镇定地放下衬衫。他相信待在黑暗中，她不会知道他在做什么。圆圆睡了。小钰说。我这就下来。李棚说。

临睡前，他们做了爱。小钰侧躺着，他从后面拥抱着她。身体热起来时，一个不好的念头划过脑海。他想到陈露柔软的臀部和光滑的小腹。每次他们渐入佳境时，她都会要求在他的上面。这是一种背叛吗？在这种时候想着另外一个人。他感到自责，但是愧疚感并没有随之而来，他感到身体带来的愉悦。难道人就是动物吗？这个时候人还有道德可言吗？他在虚假的愉悦中深陷下去。躺倒在床上，小钰背对着他。怎么了？他在她耳边问。她说，你弄疼我了。对不起，他说，真的对不起。

这个周末，李棚过得心不在焉。在家里，他的心思飘忽不定。他一会在网上查微创手术的根治疗法，一会又查膏方的主要成分。小钰踢了踢他说，你带圆圆去公园吧？他这才醒悟过来，自己在电脑前坐了一上午了。

走进公园，他拿出手机，打开与陈露的对话框。想了一会，他又把对话框合上了。站在小河边，水面反射着耀眼的太阳光。他打了一行字：你还好吧？对方没有回复。

他领着圆圆玩了一会滑滑梯,又爬了一座假山。手机上跳出一行字:最怕朋友突然的关心。李棚笑了笑,他知道这是五月天的歌词。他也回了歌词:最怕突然听到你的消息。对方回了两个哭脸,问道,丽敏告诉你的?李棚说,我去问她的。陈露回:你怎么好端端地问起我来?李棚不知怎么说,于是学丽敏的作风回了一串省略号。现在人人都爱发省略号。陈露说。

圆圆不想在假山边玩了,跑过来问,爸爸,你跟谁聊天呢?李棚说,以前的同学。我来看看。圆圆说。李棚斜起手机说,你看不懂的。走,我们去花坛里看看月季。站在月季园旁,李棚打了一行字,说真的,现在怎么样了?随手拍了一朵粉红的花朵发过去。对方也发来一张图片。看到图片,李棚心里沉了一下。照片里陈露穿着睡衣站在镜子前,手边立着一只高高的金属输液架。她脸部有些苍白,脖颈处粘了一块纱布。陈露补充一句,现在静养着。脖子那里怎么了?李棚问。陈露回,手术后用的镇痛棒。从动脉打进去的。很疼吧?李棚问。陈露回,打着打着,就不疼了。

他抬起头,阳光让他有些晕眩。他眼眶酸涩。在这股情绪的推动下,他回道:要是能在你身边就好了。发完他立刻后悔了。说这样的话会让人增加负担。他紧忙撤回了。没想到陈露回了个笑脸,说我看到了。李棚补充一句,你不介意?陈露没有说话。过了一会,她说,哎,经过这次住院，我对很多事的看法都变了。我以前认为对的，现在又觉得不对，以前觉得错的，现在又犹豫了。是指哪方面呢？感情方面？他追问道。我也不知道，可能都有吧。陈露说。这是什么意思呢？李棚想，她在向他传达什么？

　　你知道吗？陈露说，做这个手术，我是全身麻醉。躺在手术室里，身体渐渐失去意识。你知道那是什么感觉吗？就像眼前的灯一下子灭掉了。从黑暗中醒来，我眼前一片空白。疼得睡不着的晚上，我想起以前的事。过去的三十年在眼前缓缓过了一遍。你也不知道是好是坏，反正就是经历过了。你无法从头再来。

　　看着陈露发来的一段话。李棚陷入了沉思。他感觉到陈露身上发生的变化。她不再是那个意气风发的少女了。不知是不是病情的缘故，她显得患得患失。

　　我去看看你吧。李棚说。对方没有回复。李棚又说，这几天？或者等你身体恢复了。圆圆吵着要回家。李棚收起手机，带着她往公园门口走。走到一棵榆树下，他看了眼手机，上面有一句话：你来吧，我不会拒绝你的。至少现在不会。

　　回到家，小钰坐在桌边，望着一杯热水发呆。地板被擦得亮晶晶的，一旁的水盆边挂着两条毛巾。都擦完了吗？进屋后，李棚问。小钰没有说话，身子也没有转过来。圆圆跑到小钰怀里，小钰低着头不理睬她。圆圆摸了摸小钰的胳膊说，妈妈，你怎么了？李棚疑惑地走过去。小钰看了他一眼，眼神里充满了失望和悲观。你没事吧？李棚说。不用你管。小钰说。李棚拉着圆圆的手，带着她去卧室。他跟小钰有约定，绝不在孩子面前争吵。

安顿好圆圆，他背手关上门。小钰抬起头说，你整天胡思乱想什么？李棚反驳道，我不是好好的吗？小钰说，你以为你干了什么我不知道吗？李棚握了握手机，笑着说，我没有啊。小钰站起来说，你不承认是不是？她的声音响亮。李棚打开电视机，调大了声音。小钰着急了，夺走遥控器重重摔在沙发上。你在假装什么呢？小钰说。李棚不愿正视这个问题，看了眼电视。电视上一条蓝鲸的尸体正往海底沉落。

你自己去看吧。小钰说完，打开书房的门。屋子正当中放着那只塑料盒。此刻，它完全打开了，里面的杂物散落出来。他想起昏暗中小钰的眼睛。小钰说，这箱子一直密封着，我一直以为装着书呢。小钰嘴角动了动。因为发现了他的秘密，她开始轻蔑他。

你怎么找到的？李棚问。小钰指了指书桌，书桌旁的电脑主机上放着那本灰色日记。她擦地的时候发现的？李棚朝腿上掐了一把，心里想道，看完怎么忘记收起来了。他走过去拿起日记说，我想起以前的事，只是翻开看看。他打开日记，在折页处看到几滴水滴。那是什么？毛巾上的水，还是……想到小钰看文字时的情景，他心头一悸。他伤害了她。但是不知哪里来的意气支撑着他。他假装不当回事地说,你别胡思乱想。

你不承认是不是?小钰说。小钰折身回到客厅,拿来手机。她打开播放键,里面的录音放出来:爸爸,我是小钰。你现在忙着吗?不忙,正在阳台浇花呢。我想问你个事?什么事?短时间的沉默。我想问,我们的亲戚有人得囊肿吗?没有听说啊。没有这回事,都健康着呢。怎么问这个?没什么……小钰摁了暂停键。

你怎么跟侦探似的?李棚不耐烦地说。他想到过去跟小钰约会时,她就是一个老老实实的会计。说话做事都很朴素。没想到她有着这么清晰的逻辑。

小钰被他的问话逗乐了。她想要笑,又忍住了。她说,别说这些没用的。她警觉地看着他,小声说,你不敢把手机拿出来吧?我们不是说好的吗?不看对方的手机。李棚说。但你可以自证清白。小钰逼问道。我没有什么要证明的。李棚说。你是害怕吧?小钰说。她走上来,去翻他的口袋。李棚一个躲闪,靠在墙壁上。小钰使出全身力气,想掰开他的胳膊。他身体往后退,碰到木凳上摔倒了。小钰并不松懈,用结实的身体压住他。李棚喘不过气来,摆摆手说,我把这些都烧掉,行了吗?哪些?小钰问。就屋里这些。他指了指日记和塑料箱。小钰爬起来,想了想说,现在就去。

在小钰的胁迫下,李棚抱着箱子来到小区外面的树林里。这里堆放着一些建筑材料,很少有人来。他拾来几根干树枝,倒上一瓶二锅头。火苗烧起来后,他拿出纸箱里的乌龟布偶放进去。他们做爱时,陈露曾把这只乌龟垫在屁股底下。接着是白衬衫和拖鞋。陈露洗完澡后走出来的画面在他眼前一闪而过。橡胶味飘出来时,他感到一阵恶心。烧了几样杂物,火势大打起来。火苗舔到了临近的松树树干。轮到日记本时,他看了小钰一眼。你原谅我了吧?李棚说。小钰没有说话,脸庞被火焰映衬得红扑扑的。他将日记本丢进去,升腾起一团红焰。《鸽翼》电影里的那句话随着火焰冒出来。不同的是,眼前的这个人不是要他忘记过去,而是要将过去彻底毁灭。

火焰慢慢消退下去,脚下只剩一片灰烬。小钰说,你诚实地告诉我。如果那个人没有离开你,你还会爱我吗?李棚两腿有些麻木,一股寒意从脊背来到脖颈。

不会。他说。说完,他转身离开了。

他没有回家,而是去了附近的商场。这个时刻,他很想在人多的地方走走。他穿过马路,在卖冰淇淋的商店外站了一会。看到广场上有人在表演节目,他信步走过去。他穿过人群,又从另一端走回来。他走进杂货店,看了看货架上的商品。离开店面时,手机震动了一下。他看到小钰发来的信息:我们分开一段时间吧。我带圆圆去我妈妈家了。他手指颤动了一下,回复道:好。

他买了当天前往南京的火车票。在空荡荡的家里收拾衣物时,落寞之感牢牢吸引了他,但是心里的声音又不断提示他。他渴望的东西这里是没有的。他背上背包,果断过了门,果断地叫来一辆出租。汽车驶入开阔的高架,他望着匍匐地面的建筑,竟有了种快活的解脱感。

这种美好的情绪一直延续到火车站。登上北上的火车时,他心里一下子乱了。想到将要到来的事,他完全理不出头绪。他望着手机上的对话框发呆。他想晚上约陈露出来。但是这样是不是太过着急了?他打定主意,先住一晚宾馆。第二天天明,再想办法见到她。

火车经过无锡,他的心思又不得安宁。"我不会拒绝你的"这句话,到底是什么意思?不会拒绝他什么呢?不会拒绝见他,不会拒绝他的爱?他的手指在手机屏幕上滑上滑下。他忖度她打下这行字时的神态、动作,以及一闪而过的念头。他们还有可能吗?相见后,他们需要一个新的开始,还是重新回到过去?他想到那个漫长的电话。那时他们三个多月没有见面了。陈露在电话里支支吾吾,说工作上的事时,话题又岔到出租房上。最后他问她是不是喝了酒。她说,是的。紧跟着,就哭起来。她哽咽着说,我们这样太痛苦了。李棚知道她要想说什么。她希望他跟她一样,有志向去广州打拼。但是他去广州能做什么呢?他在这家编地方志的单位如鱼得水。在兴趣爱好上,他是一个涉猎广泛的人。但是在人生选择上则是寻求安稳。考一次试就能解决一份工作,他为什么还要承担更多的风险呢。

在他看来，陈露的选择是激进的，也是混乱无序的。这就是他们相互吸引，又不得不分开的原因？李棚心想。

到达南京的郊外已经是傍晚。他乘一辆公交车来到预定好的酒店。他原本订了一家连锁宾馆，但想到如果明天进展顺利的话，他需要一间舒适宽敞的房间。办理了入住手续，他走进位于十二层的客房。屋里朝阳，有一扇落地的窗户。窗户边摆放着一盆一人多高的柠檬树。他对房间很满意，站在窗边能闻到柠檬树叶清新的气味。

看天色还早，他去楼下的街面上散散步。不远处的小食街灯火通明，汤锅和铁板烧蒸腾起的热气弥散在空气中。他要了两份铁板鱿鱼、蛋炒饭和一瓶啤酒。填饱肚子，他往人群深处走。到了拐弯的地方，他看到一位独行的女孩。她穿着白裙子，腹部系着一根宽腰带。他想到读书时，陈露也喜欢裙子搭腰带的装扮。不同的是，陈露只喜欢穿白面的运动鞋。与女孩擦肩而过，紧张的情绪抓住了他。他猛地想起来，来这里是为了什么，而他对将要发生的事毫无准备。

回去的路上，他问陈露明天有何安排。陈露回复说，在家里静养了几天，有点闷。明天想去中山陵散散心。李棚看了看地图，距离他住的地方很远。他问，明天能见见你吗？对话框上方的"对方正在输入"持续了一阵子，终于停下了。一则信息弹出来：你不会到南京了吧？李棚眼眶里有些酸。他回复了一个笑脸，发去一张在小食街拍的照片。对方回：你还跟以前一样。你还记得吗？有一年夏天，我们约好在学校见面。最后你赶了一夜火车，直接来了郑州。我看到你时，又惊讶又欣喜。谈到过去的事，李棚再也压抑不住内心的情感。他坐在床边，向陈露吐露了爱意。他咬着嘴唇写道：这几年我都活在一个梦里。如今我知道这都是虚幻的。以前都是我错了。我什么都不想要，我只想……他停顿了，想了想措辞写道，我只想重新做一次选择。发出后，他继续写，我不敢说出爱这个字。不过你知道我的意思。你当我是傻子吧。要是现在待在你身边该多好。他删掉最后一句话，发送了出去。

对方没有回复。他有些不安。他打开电视，又关上，信息还没有来。他脱掉衣服，去洗了个澡。手机上发来两条消息。一则是，我们见一面吧。另一则是，我也想见见你。

这天夜里，李棚梦到自己来到一处破败的村子。漫天的大雪压得他抬不起头。他拄着木棍在冰冻的地面上艰难地行走着。近处的几间屋子都塌方，没有一个角落可以躲藏。他迎着风雪往前走着。路的尽头有一间小木屋，在大风中摇晃。庆幸的是里面透着光亮。他加紧步伐，走了过去。笨重的木门很容易被推开了，屋里暖和无比。他拍掉身上的湿雪，搓揉着双手。等身体热起来时，他问低头坐在一旁的妇人，有没有吃的。那个人抬起头，手里捧着两颗土豆。眼前的人没有眼睛、鼻子，也没有嘴巴。但她分明听到妇人的说话声。难道她脸上带着的是一副面具?他倒吸一口凉气,踢开厚重的被子。

　　醒来后,他抓起桌上的矿泉水喝了一大半。他看了看时间,是上午的十点钟。他走到窗边,想拉开窗帘。可脚下踩到几片干树叶。他收回脚,看到落了一地的柠檬树叶。他打开灯,柠檬树的枝丫光秃秃的。他感到诧异,树叶在一夜间落尽了。

　　中午,他去附近的车行租了一辆车。办完后续后,他打开导航往中山陵开去。一路上,他的心绪像车外吹进的风,在狭窄的空间里撞来撞去。收音机里播报了今天晴朗的天气,接着播放一首柏辽兹的随想曲。他双腿轻快起来,踩下一脚油门,将车速提到一百二十迈。

　　下了高架桥,景区就在不远处。跟着山路一直往深处走,那个叫燕雀湖的目的地就在一处木栈道旁。他紧张起来。他放慢速度,对着后视镜理了理头发。看到下巴上冒出的胡茬子,他皱一下眉。出门时太匆忙了。他心想。他用指尖拔掉胡茬,在一片灌木旁停下车。

　　陈露坐在湖边。她戴了顶圆边草帽,围着一条蓝色薄围巾。因为大风的缘故,她风衣的后摆飘了起来。李棚想快步走上前去,又担心打扰她的宁静。他站在原地看了一会大湖。湖面是碧蓝色的,水波起起伏伏。他想到,有湖水存在时,他还没有来到这个世上。他想到遥远的过去。

等他回过神来时,他看到陈露在看着他。他笑了笑,双手不停地去摸口袋。他走过去,跟她并排坐下。她的气色比照片里好了许多,脸庞和眉宇间都有了血色。

我知道你会来的。陈露说。李棚知道她说的是什么。你好些了吧?他小声问,眼神里充满了关切。陈露低着头说,我也不知道。身体没有一点力气。李棚沉了一口气说,我可以照顾你的。陈露笑了笑,露出两边的小虎牙。她说,你知道的,我不想麻烦别人。她望着湖面,双手抱在怀里。她说,我没跟你说吧。那时候我就想,要是我快死了,有哪些人我还想见呢?她看着他。她说,我最先想到我的父母,然后就是你。那时我太想做成一件事,现在想来那不过是另外一个圆圈。我非得往里去跳。跳进去了,才发现跟之前的圆圈差不多。我不管不顾,也忽视了你。这真是个遗憾。

那是以前的事了。李棚说。

对于我这样的人,以前的事才是重要的。陈露说。李棚不愿她这么消极下去。他说,总会好起来的。陈露点了点头说,我们在湖边走走好吗?

她缓缓站起来,走向木栈道。湖面上有小船在打捞水草。李棚跟她并排站着,仿佛回到大学时期。他挽住她的胳膊,她没有拒绝。来到栈道尽头,一段狭窄的木楼梯通往湖边的浅滩。我们能下去吗?陈露问。水有点冷吧?这可是九月。李棚说。陈露说,我就是想去水里走走。那你坐下来。李棚说。陈露坐在楼梯上，李棚蹲在低处脱下解开她的鞋带。脱下运动鞋和袜子，李棚眼眶酸疼。她的脚踝浮肿，还有几块明显的紫块。真的没事吗？他自语道。同时，心底一个声音告诉他，原本她是属于你的。

两人走到浅滩上，水流冲击着脚面和小腿。她用脚划着水，双手伸直保持平衡。他走过去时，她用力朝他踢了一脚。湖水淋到他的裤腿上。他顺势踢了回去，她慌张地往后退。她身体快要倒下时，他用力拉住了她。她的手冰冷。我们坐下吧。她说。她指着身后一块石头。他带着她，走到石头边。坐下后，他内心的情绪涌动。他想抱住她，想亲吻她的额头。冰冷的湖水让他保持清醒。他抓起一把水说，我们在一起好吗？他不敢看她的眼睛。他又说，你知道的，我愿意……

换一种生活，就会更好吗？陈露打断他，这不就是我当初犯的错吗？总觉得前面的才是美好的。

这不一样。李棚说。

在我看来，是一样的。陈露说。她的嘴唇发青。

你不知道我有多痛苦。李棚捧起水朝脸上抹了一把。以前我放弃了，现在我不愿再唯唯诺诺。真的，我可以照顾你。我还可以重新找一份工作。你相信我吗？

陈露望着湖面，没有说话。

你一定不知道，我来之前就做好了打算。现在我才知道，以前我都白活了。我最想要的我心里最清楚。如果一个人不能正视真实的情感,那么他一辈子都活不好。而且……

你放手吧。陈露说。她声音虚弱。

李棚身体软了下去,两只手落进冰冷的湖水里。他挨着她坐着,身边的一切都发生了变化。

湖面的风大起来时,陈露站了起来。李棚搀扶着她走到木栈道旁。两人提着鞋子,赤脚走在木栈道上。走近方才落座的地方,陈露说,你先回去吧。我想一个人坐一会。李棚点了点头。他在草地上穿好鞋子,往停车处走。

走到灌木丛旁,他看到一棵银杏树旁站着一个戴眼镜的男人。他肩上挎着一个皮包,手指间夹着一根香烟。他笑着看着李棚。李棚朝他点点头。从他身边走过时,直觉告诉他,这个人是陈露的丈夫。

这是一个游戏?满足妻子的一个愿望?不知为何,坐进车里,李棚觉得这个男人比他更爱陈露。这个想法,简直让他绝望。跟他比起来,自己的爱是什么呢?难道只是厌倦家庭想搞出刺激生活的把戏?

他懊恼地发动车子,将油门一脚踩到底。离开盘山公路,他才从恍惚中清醒过来。想到陈露的拒绝,他生出自怜的情绪来。他想到小时候有一个夏天的夜晚。他的父母不知去了哪里。他哭喊着满院子找不到人。不知是为了报复,还是想给母亲一个惊吓,他躺在床上,用毛线将自己一圈圈捆绑起来。在紧要的关节处,他用力地拽着毛线。

细线勒进了皮肉里。现在这股痛苦,正是他所需要的。

他望向公路边。一大片玉米地匍匐在低矮的天空之下。他猛打方向盘,将车子连同他的身体一道送进了玉米地。倒伏的玉米秆,猛烈地拍打着车窗。仿佛有无数的人拍打着车身。他想到小钰,想到在外婆家的圆圆。他感觉自己像一头猪被关进了铁笼里。

站在浮冰之上

（后记）

有一段时间，我经常感到精神上的焦虑。原因大概有两个方面：一是，现世的生存越来越让我感到困惑；二是，在阅读着的思想著作中，我没能找到一部可以依托的典籍。这一寻觅的过程，就像一只丛林里小心翼翼的螳螂。它一面要找到精神的营养物，一面又要提防无数的观念从身后袭来。

周作人在《山中杂信》里说，"托尔斯泰的无我爱与尼采的超人，共产主义与善种学，耶佛孔老的教训与科学的例证，我都一样的喜欢尊重，却又不能调和统一起来，造成一条可以行的大路。我只将这各种思想，凌乱的堆在头里，真是乡间的杂货一料店了。"读到这里，这似乎也是一条可行的路了。但是对我来说，不应该是这样的。我更像一个走累的夜行人，需要一处寄宿的旅社。

产生这样的想法可能与成长的经历有关系。为了讨生活,我的父母在我年少时就去往大城市打拼。与此同时,我开始了差不多十年之久的寄住生活。先是住在镇上爷爷的商店里,后来辗转到了舅舅家。有一回,我在《宋书》上看到谢灵运的传记,说他自小被寄养在钱塘人家,十六岁后回到家中,称自己是客儿。为官后经常不问政事,一日百里游玩,只为找到最险要最美之地。后来我想,他一生诸多奇事大概都跟他内心的郁结有关。他的诗中内心与山水看不到太多的融合。可能就是因为在他那里,山水以及儒家事业都没能解决他内心巨大的问题。看到这里,我很能理解有这样一类人,他们少时的经历,改变了他们看世界的角度。他们内心充满郁结,对人和事保持着警惕心理。这样的人再去寻找"可以行的大路"的话,应该会更容易迷失。我也是这一类人中的一员。

这部短篇集便是呈现了这样一个自我的形象。

小说集由九篇小说组成,从成长轨迹上可以看到一个人的成长,以及对个人精神的探索。从结构上来说,短篇集可以分为三个部分:第一辑侧重于家庭与时代,有《鱼处于陆》《母亲》这两篇;第二辑的主题应该是"得不到的爱",《良宵》《苍白的心》《山体环绕》《醒来》中的人物困在爱的边缘,不得不转向内心生活;第三辑是作为一个旁观者,从他者身上寻找意义。《窒息》《狐》《安静》描写了三个不同的人物,一个是执着于情欲的小镇女性、一个是回乡解开弟弟谜团的青年、一个是逐渐丧失听觉的诗人。

这些小说先后在《收获》《江南》《山花》《小说界》等杂志上发表过，是我很喜欢的几篇。短篇集能出版，要感谢花城出版社和我的责任编辑。

外国人在出书的时候，愿意写"此书献给×××"，如果我也有这样的机会，我愿意将这本书献给我的母亲张良红。她从来没有纵容过我，而是要求我做一个正直的人。

最后，感谢上海文化发展基金会，对本书出版的支持。

徐 畅
2022.1